Les prescrits

Arnaud Elysiem

ISBN : 9781082324666

À M. la reine de mes amours.

À mon père.

1

Paul était allongé dans son studio au 125ème étage de sa tour à habitation densifiée. Ses yeux fixaient le plafond, cherchant à y discerner des aspérités invisibles, pendant que son esprit ressassait le parcours de son existence. Cet enchevêtrement continu de choix et de non choix, cette dialectique entre l'illusion de la maîtrise et l'impression non moins trompeuse de subir. Cette aventure, en somme, où les joies les plus intenses peuvent côtoyer la douleur et la tristesse.

Il avait été plutôt heureux et ne nourrissait que peu de regrets. Il pensa à son ex-femme, aux années de bonheur et d'insouciance et à l'éloignement progressif et irrémédiable qui suivit. Il n'en voulait pas à Patricia tout comme il ne se reprochait pas de n'avoir pas su endiguer une forme d'usure du quotidien. Parvenus à un certain stade de leur relation ils avaient dû se rendre à l'évidence ; il n'y avait plus de moteur à leur histoire, plus de désir, et bien que leurs relations fussent cordiales, ils attendaient autre chose de la vie que cette mer calme incapable d'émouvoir leurs âmes émoussées.

Son cœur se serra dans sa poitrine et des larmes lui montèrent aux yeux lorsque l'image de sa fille se forma dans son esprit. La chair de sa chair, ce petit rayon de soleil qu'il avait vu grandir et s'épanouir. Selon toute vraisemblance, jamais plus il ne verrait Lisa et cet état de fait lui était simplement intolérable.

Rien ne le destinait à ce qui allait suivre, lui qui avait toujours était soucieux du respect des règles et de l'ordre public, lui qui frisait parfois la caricature du bon élève, s'arrêtant à un passage piéton désert en attendant qu'on l'invite à traverser. Rien et pourtant il sentait au fond de lui cette rage de vivre qui allait le conduire à la clandestinité.

Soudain son frigo ainsi que de nombreux automates électroménagers dissimulés dans les cloisons de son réduit de 12 mètres carrés se mirent à brailler :

– *vous avez un nouveau mémo-mail du gouvernement central. Vous avez un nouveau mémo-mail du gouvernement central. Vous avez un nouveau mémo-mail du gouvernement central. Vous avez…*

– ça va, ça va, je prends la communication, dit Paul.

Comme à chaque fois, une irrésistible envie d'insulter ou de détériorer ces technologies intrusives le prit. D'autant plus qu'il connaissait parfaitement la nature de la communication, celle-ci faisait suite à une autre communication du gouvernement central remontant à plusieurs semaines.

Pourtant il n'en fit rien, les injures à l'électronique domestique étaient fortement pénalisées et ce n'était pas le moment de se faire remarquer. Par ailleurs il était impossible de se soustraire à une comofficiel, les capteurs biométriques du studio l'avaient formellement identifié, sa présence ne faisait aucun doute. La porte de son studio resterait donc verrouillée tant qu'il n'aurait pas accusé réception du message.

Résigné, Paul en prit connaissance en mode lecture, il avait développé une aversion pour cette voix qui, en dépit des efforts colossaux investis par les firmes de l'Intelligence Artificielle, gardait une tonalité froide.

C'était une « invitation » à se rendre à sa cérémonie officielle de « retrait », à laquelle serait également conviés des proches et des officiels sélectionnés par le gouvernement central. Cette cérémonie venait clôturer le programme de LImitation VOlontaire de la durée de VIe (LIVOVI) auquel avait adhéré Paul il y a 10 ans.

On pouvait faire confiance au gouvernement central pour manier les euphémismes et créer de beaux acronymes visant à cacher une réalité cynique et froide. Paul accusa réception et sortit du studio, il fallait qu'il voie Eliah au plus vite.

***

Patricia sirotait un café dans la cuisine de sa luxueuse villa, elle ne se lassait pas d'admirer la vue sur le jardin et au-delà les montagnes. Jardin et vue avaient été des concepts totalement étrangers de sa vie passée et ce sentiment d'espace lui provoquait encore aujourd'hui une sensation d'ivresse. Elle sentit le bien-être l'envahir et se dit une nouvelle fois qu'elle avait fait le bon choix en refaisant sa vie. C'est alors qu'elle entendit le pas lourd de Greg qui descendait de l'étage. Elle se retourna et eut le temps de le détailler avant de croiser son regard. Aussi incroyable que cela puisse paraître chez un homme aussi riche, Greg faisait plus que son âge. Evidemment les nombreuses procédures médicales qu'il avait entreprises, le remplacement de certains de ses organes vieillissant par des organes de synthèse, lui conféraient une certaine vigueur et la santé d'un homme bien plus jeune. Mais alors qu'il allait atteindre l'âge estimable de 85 ans, son visage était celui d'un centenaire.

– Bonjour ma chérie, tu as bien dormi ?

– Pas trop mal… J'ai pu faire un cycle complet.

– Chérie c'est peu, je vais t'acheter un caisson.

Greg passait l'essentiel de ses nuits dans un caisson de régénération. Son corps baigné par des fluides maintenus à la température corporelle ne ressentait pas l'effet de la pesanteur, alors que les vitamines et nutriments pénétraient sa peau. Le dispositif comprenait en outre des stimulations sensorielles sensées apaiser le psychisme ainsi qu'un réveil neuro-musculaire par éléctro-stimulation.

– Greg, tu sais très bien que je ne troquerais mon bon vieux matelas pour rien au monde. En plus je suis claustrophobe, je ne supporte pas l'idée de dormir dans un espace aussi confiné. Tu veux manger quelque chose ?

– Non je file, je suis attendu au bureau.

Sur le point de partir Greg sembla hésiter, il regarda sa jeune épouse. Patricia était belle. Pas de ces beautés vulgaires qui attirent l'oeil mais dont on se lasse, son visage irradiait la douceur et la générosité.

– Chérie…

– Oui ?

– Le bot m'a lu le mémo-mail du gouvernement central au sujet de la cérémonie de Paul… Je voulais juste te dire que, si tu avais besoin, je peux t'accompagner. J'ai de bonnes relations au ministère et je peux être ajouté à la liste d'invités.

– C'est gentil Greg mais ça va aller, Lisa sera là de toute manière.

– Tu es sûre ?

– Oui, ne te tracasse pas avec ça. Allez dépêche-toi tu vas être en retard. Passe une bonne journée.

– Je t'aime, à ce soir.

Patricia attendit le chuintement caractéristique du sas d'entrée pour retourner à ses pensées.

Paul. Elle avait passé 25 années de sa vie avec le père de sa fille unique, c'était une longévité devenue rare pour un couple. Elle avait déjà participé à plusieurs cérémonies de retrait de personnes avec qui elle avait été proche dans son ancienne vie. Elle savait que malgré les drogues administrées à tous les convives, elle n'arrivait pas à se départir d'un sentiment de culpabilité. Le gouvernement promettait pour bientôt des dispositifs d'effacement mémoriel mais la technologie n'était pas encore au point. Et puis cette fois c'était différent, il s'agissait de son ex-mari.

2

C'était un bar rock à l'atmosphère légèrement poisseuse, la musique était potable, la décoration fatiguée. Rien à voir avec les concepts vintages qui pullulaient çà et là, l'endroit était resté sourd aux sirènes de l'époque qui voulaient que l'on consomme un lieu de socialisation comme n'importe quel bien manufacturé. Ce charme de l'authenticité associé au fait que l'on pouvait y boire une bière décente assurait le succès de l'établissement.

Eliah y avait ses habitudes et le fait que la clientèle soit pour une bonne part composée de prescrits n'y était pas étranger. C'était un des effets collatéraux du programme LIVOVI, les prescrits – le terme s'était peu à peu imposé bien que le gouvernement central lui préférât celui de volontaires – lorsqu'approchait la date de leur retrait, se mettaient à consommer beaucoup de substances psychoactives licites ou illicites. Si le sujet n'avait pas été aussi sensible, le gouvernement aurait presque pu le vanter comme une vertu économique de LIVOVI.

Eliah appartenait à cette génération qui n'avait pas connu le monde autrement que surpeuplé. Née au début des années 2030, à une époque où les scénarios les plus pessimistes sur l'évolution de la démographie mondiale avaient été dépassés, elle était enfant unique. Face à des problématiques environnementales de plus en plus insurmontables, et alors que la conquête de l'espace peinait à porter ses fruits, les politiques de contrôle des naissances s'étaient largement développées dans les années 2030.

Le but était simple : limiter la pression démographique sur notre fragile écosystème, afin d'éviter que la civilisation humaine dans son ensemble ne connaisse une catastrophe malthusienne d'une ampleur incomparable.

Cependant, ces politiques ne permettaient pas de traiter une autre problématique majeure, celle du vieillissement de la population. Au contraire, en baissant la natalité, le contrôle des naissances accroissait mécaniquement le vieillissement démographique. Ce qui était au départ un sujet d'inquiétude pour le financement des systèmes de retraites et de santé était peu à peu devenu source de contestations récurrentes et de vives tensions dans la société.

C'est dans ce contexte que le gouvernement central annonça la création d'un ministère de la santé, de la retraite et de la durée de vie. Ce ministère lança en 2046 le programme de LImitation VOlontaire de la durée de VIe : LIVOVI.

Au moment de sa création, l'ambition affichée par LIVOVI est de privilégier la qualité de vie à la durée de vie. Officiellement, son principe de fonctionnement repose sur le « volontariat ». Les personnes qui adhérent au programme se voient verser une compensation financière en contrepartie d'une limitation de leur durée de vie ; le niveau de la compensation étant proportionnel au niveau de la limitation.

Ainsi une personne renonçant à 30 ans d'existence par rapport à son espérance de vie estimée perçoit une compensation financière supérieure à une personne qui ne limiterait sa durée de vie que de 10 années.

Quel que soit le niveau de la limitation, le montant accordé reste très inférieur aux coûts des dépenses de santé et de retraite jusqu'à la fin de vie non limitée. Le gouvernement central s'était doté avec LIVOVI d'un outil pour résoudre son plus gros problème : le financement des systèmes de retraites et de santé.

Eliah entamait sa deuxième bière lorsqu'elle vit Paul entrer dans le bar. Elle l'invita à le rejoindre d'un discret signe de la main.

– Bonjour Paul, comment allez-vous ?

– Drôle de question lorsqu'on s'adresse à un condamné à mort.

– Je trouve justement que les circonstances donnent à la question un intérêt singulier.

– Je pourrais vous dire que la haine, la rage et le sentiment d'injustice le disputent au désespoir, à la tristesse et à l'auto-apitoiement. Pourtant ce qui domine est une forme d'hébétude. Je me sens comme anesthésié, résigné à ce qui va suivre, même si je ne parviens pas à en appréhender la réalité.

Paul se tut quelques instants, inspira profondément et reprit.

– Malgré cela mon esprit ankylosé entrevoit un mince filet d'espoir.

– C'est la raison pour laquelle nous nous revoyons.

Je vous offre un verre ?

– Ce n'est pas de refus.

Eliah fit signe au serveur et le silence s'installa entre eux. Lorsque la bière de Paul arriva, elle le laissa savourer sa première gorgée et le fixa intensément, plongeant ses yeux gris acier dans les siens.

D'expérience, elle savait que beaucoup de choses se jouaient lors de la conversation qui allait suivre.

– Etes-vous prêt à tenter votre chance ?

– Vous pensez réellement qu'à quelques jours de mon exécution je ne serais pas prêt à tout pour échapper à mon sort ? Vous avez décidément de drôles de questions.

– Paul, vous n'imaginez pas le nombre de prescrits qui n'ont plus la volonté ni l'énergie de se battre. Certains ont perdu le courage de vivre et accueillent leur retrait comme un soulagement. D'autres sont convaincus qu'ils méritent ce qui va leur arriver, le gouvernement s'y entend pour faire taire le sentiment d'injustice. Enfin il y a ceux qui ne comprennent pas réellement ce qui se passe lors des cérémonies de retrait. Les drogues administrées aux prescrits comme aux invités sont puissantes, c'est une mort injuste mais une mort douce que vous offre LIVOVI. Aussi je vous repose la question différemment : êtes-vous prêt à vous battre pour continuer à vivre ?

Cette fois Paul prit du temps avant de répondre. Il repensa aux circonstances qui l'avaient amené à intégrer LIVOVI plusieurs années auparavant, à ce cancer fulgurant qui ne lui donnait pas un an à vivre sans intervention médicale. Bien sûr, avec les progrès de la thérapie génique et les organes de synthèse, le cancer n'était plus une maladie incurable. Mais encore fallait-il pouvoir payer. Paul n'avait pas hésité, LIVOVI lui laissait 10 ans avant la date de son retrait, c'était 9 ans de plus que son cancer. Neuf ans de plus pour voir sa fille grandir et devenir une femme. Mais aujourd'hui, alors qu'il avait retrouvé la santé, de quel droit allait-on lui ôter la vie ? A son tour il regarda fixement Eliah et répondit simplement : oui.

– Parfait Paul. Vous devez savoir que peu de tentatives d'échapper au retrait ont abouti. Vous êtes étroitement surveillé, il n'y a que deux fenêtres pour tenter de disparaître aux yeux du gouvernement central et leurs chances de succès diffèrent grandement.

– D'accord, dans ce cas quelle est la meilleure ?

– Celle que vous avez laissé passer Paul. Comme presque tous les prescrits d'ailleurs. Les meilleures chances pour réussir à fuir sont de disparaître dans les premiers mois qui suivent votre adhésion à LIVOVI, alors que la vigilance du gouvernement central est moindre. Mais à ce stade, les prescrits sont presque toujours dans le déni de leur mort planifiée, ils ne sont pas prêts à courir le risque de la clandestinité.

Paul accusa le choc en silence puis se ressaisît. Il lui restait une chance.

– Quelle est la fenêtre qui me reste ?

– La plus risquée, vous devez disparaître le jour même de votre cérémonie de retrait. Tous vos déplacements sont suivis et vous devez vous en tenir à votre routine jusqu'à cet ultime moment.

– Comment le gouvernement central s'y prend-t-il pour surveiller tous les prescrits ? Il faudrait des dizaines de milliers d'hommes.

– Ils vous ont collé un mouchard… Ils le font pour tous les prescrits.

Paul était abasourdi, son esprit peinait à mesurer les implications de l'information que venait de lui dévoiler

Eliah.

– Mais c'est illégal ! Quand et comment auraient-ils pu faire une chose pareille ?

– Paul, vous vous interrogez sur la légalité d'un acte commis par un gouvernement qui s'apprête à vous exécuter parce que vous lui avez signé un bout de papier les y autorisant, lorsque vous aviez besoin de soins que vous ne pouviez pas vous payer ! Vous souvenez-vous des analyses médicales auxquelles vous vous êtes soumis pour rejoindre LIVOVI ? C'est à ce moment qu'ils vous ont implanté un mouchard.

Paul se souvenait très bien de cette batterie de tests et d'analyses qui visaient à déterminer précisément l'espérance de vie d'un « volontaire » afin d'évaluer les niveaux de limitations de durée de vie qu'on pouvait lui proposer. Dans son cas, on avait éliminé l'impact de son cancer pour déterminer son espérance de vie.

Eliah fit glisser discrètement une sacoche sous la table.

– Qu'est-ce que c'est ? demanda Paul.

– Il s'agit d'un kit d'extraction. Les instructions sont dedans. Lorsque vous aurez récupéré le mouchard, surtout gardez-le sur vous, le gouvernement doit pouvoir continuer à suivre vos déplacements jusqu'à votre cérémonie de retrait.

Eliah poursuivit :

– Je vais devoir vous laissez maintenant Paul, notre conversation a déjà duré et risque d'éveiller des soupçons. Restez ici un moment après mon départ, finissez tranquillement votre bière puis rentrez chez vous.

– Attendez ne partez pas !

Paul avait élevé la voix, les conversations des tables voisines s'étaient interrompues et les clients attendaient de voir la suite. Les disputes et les bagarres n'étaient pas rares et constituaient des divertissements appréciés des habitués. Conscient d'avoir attiré l'attention Paul reprit plus doucement.

– Que dois-je faire ensuite ?

– Vous aurez de nouvelles instructions en temps utile. D'ici là, n'attirez l'attention d'aucune manière, rendez vous à toutes les convocations prévues par la procédure LIVOVI.

– Est-ce que je vous reverrai ?

– Je l'espère Paul. Bonne chance.

Eliah se leva et traversa le bar pour rejoindre la sortie, sa silhouette athlétique fit tourner quelques têtes. Paul retourna à sa bière, elle était fraîche et savoureuse. C'était un petit plaisir auquel il ne goûtait que trop rarement.

En sortant du bar il regarda autour de lui, huma l'air vicié et leva les yeux au ciel. L'horizon était bouché, le bar se situait dans la ville basse sous le nuage de pollution. Il laissa couler sur lui la vague de lassitude qui menaçait de l'emporter, et sentit tout au fond de ses tripes cette boule de lumière, cette énergie mystique qui l'animait. Peu lui importait la sinistrose ambiante qui gagnait du terrain, le déclin de l'humanité qu'on annonçait tous les jours, le cynisme abject des hautes sphères du pouvoir qui ruisselait et menaçait d'empoisonner toute la société tel une marée noire. Il aimait la vie. Il aimait sa vie et il allait se battre pour la garder.

Irrigué de cette résolution, son corps s'affermit et Paul entama à pied le chemin du retour. On croisait peu de piétons dans la ville basse, pratiquer un exercice physique à ces niveaux de pollutions de l'air était déconseillé. Il distingua néanmoins quelques silhouettes, des androbots, c'était le dernier bijou technologique à la mode que seuls les foyers les plus aisés pouvaient s'offrir. On commençait à en croiser dans la ville basse, ils réalisaient quelques commissions pour leurs propriétaires leur évitant ainsi de s'exposer. Un androbot qui passait à proximité de lui le salua, Paul s'étonna de ce comportement car leurs aptitudes sociales étaient généralement limitées. Peut-être une nouvelle mise à jour.

3

L'homme l'attendait devant la porte de son studio. En dépit de sa tenue de civil, sa posture et son attitude dénotaient une rigueur toute militaire ; un soldat ou un ancien soldat. Paul réprima un impérieux désir de fuir. L'homme ne se cachait pas, ce qui laissait penser qu'il était simplement ici pour s'entretenir avec lui. Qui plus est, Paul avait passé le scan de reconnaissance faciale pour franchir le sas situé au pied de sa tour. Si son intuition était juste, l'homme savait probablement déjà qu'il était dans la tour. L'air le plus détaché possible, Paul s'avança vers son appartement.

– Bonjour Paul.

– Bonjour, qui êtes-vous ?

– Agent Trinh de la division spéciale, je suis envoyé par le ministère.

– Que puis-je faire pour vous agent Trinh ?

– Je viens simplement m'assurer que tout va bien. Les jours qui précèdent une cérémonie de retrait peuvent être difficiles à gérer sur le plan émotionnel, je suis en quelque sorte là pour vous aider, si vous en ressentez le besoin.

– Et qu'en savez-vous agent Trinh ? On ne vous a pas collé une date de péremption dans le dos que je sache ?

– Figurez-vous que ce matin même, un prescrit a tenté de s'enfuir alors qu'il était à quatre jours de son retrait. J'ai été contraint de l'abattre en pleine rue. Très regrettable, et surtout très traumatisant pour ses proches.

Le sang de Paul se glaça dans ses veines. Eliah avait vu juste, la surveillance était rapprochée et ses chances de survie minimes. Satisfait de son effet, Trinh s'approcha jusqu'à se retrouver à moins de 20 centimètres du visage de Paul, il le toisa longuement comme s'il cherchait à sonder ses pensées. Lorsqu'une interminable minute se fut écoulée, il reprit la parole avec une voix presque douce qui, paradoxalement, renforçait la crainte qu'il inspirait : « Passez une bonne fin de journée Paul. » Puis avec un sourire il ajouta : « Nous nous reverrons à votre cérémonie. » L'homme s'en alla sans attendre de réponse. Lorsque sa silhouette grande et mince s'engouffra dans l'ascenseur, Paul appuya son dos contre le mur du couloir. Son cœur battait à tout rompre. Il avait entendu parler de la division spéciale et de ses tueurs d'élites, mais n'avait jamais accordé grande importance à ces conversations de comptoir. Maintenant c'était du concret. Il présenta son visage au scanner de la porte d'entrée. L'Intelligence Artificielle de son studio déverrouilla la porte.

– *Bonjour Paul, vous avez l'air contrarié.*

– Ce qui me contrarie c'est que le mode silence soit désactivé.

– *Conformément aux conditions d'utilisation du service c'est une préférence que vous devez confirmer à chaque entrée dans l'appartement.*

– Je confirme, mode silence.

Une fois le calme rétabli, Paul se rendit dans la salle de bain, la seule pièce sans micro. Les micros étaient normalement désactivés en mode silence mais Paul avait toujours douté de la sincérité de l'Intelligence Artificielle de son studio lorsqu'il s'agissait du respect de sa vie privée.

La matérialité du corps de l'homme constituait le dernier rempart de la vie privée, toujours plus menacée dans une société dont les tendances normatives et sécuritaires ne cessaient d'être amplifiées par les technologies numériques de l'information et de la surveillance.

Il regarda son reflet dans le miroir, il vit un homme de 54 ans marqué par l'existence mais dont les traits ne s'étaient pas affaissés. Un homme dont l'expression disait sa capacité à embrasser la vie. Selon les standards actuels de l'espérance de vie avec soins excellents, il n'avait même pas atteint la moitié de sa vie. Les circonstances en avaient décidé autrement pour lui.

Certains pouvaient payer pour vivre plus longtemps, lui et tous les autres prescrits devaient amputer leur vie pour pouvoir payer. Il sentit à nouveau cette rage au fond de lui et ouvrit la sacoche qu'Eliah lui avait glissée. Il y avait à l'intérieur une mallette qu'il s'empressa d'ouvrir également.

La mallette contenait un scanner avec écran, quatre seringues anesthésiantes pré-remplies et un dispositif microchirurgical avec guidage. Paul lut rapidement les instructions et alluma le scanner pour tenter de localiser le mouchard.

Il se souvenait que les divers tests qu'on avait pratiqués sur lui avaient nécessité des prélèvements de sang et de tissus principalement au niveau de ses membres supérieurs, aussi il passa le scanner au-dessus de ses bras. Ce n'est qu'au deuxième passage qu'il remarqua comme une petite tâche au niveau du radius de son avant-bras gauche, à proximité de l'articulation du coude. En zoomant, il eut la confirmation qu'il s'agissait bien du mouchard. On aurait dit une tique solidement ancrée dans l'os. Il prit un cliché avec le scanner, ce cliché allait permettre de modéliser avec précision l'emplacement du mouchard ainsi que celui des veines, artères, tendons, ligaments, muscles et autres tissus présents dans l'environnement immédiat.

Paul passa à l'étape suivante qui consistait à charger les données du scanner dans le dispositif micro-chirurgical. Ces données allaient être utilisées par le dispositif pour réaliser la procédure d'extraction en évitant de couper une veine ou une artère et en lésant au minimum les tissus environnants. Le mouchard ne faisait que quelques millimètres, mais pour le récupérer intact, il allait falloir creuser et extraire toute la partie de l'os dans laquelle il était ancré.

Le plus dur restait à faire ; l'installation du dispositif qui devait être fixé directement dans l'os avec 4 armatures et le lancement de la procédure. Paul prit une profonde inspiration fit les injections de produit anesthésiant en utilisant les seringues pré-remplies. Lorsqu'il ressentit l'engourdissement caractéristique dans son bras gauche, il positionna le dispositif au-dessus de son bras à l'aide du pointage laser et lança la procédure de fixation. Les quatre armatures s'animèrent comme les pattes d'un insecte géant et de manière synchrone transpercèrent la peau du bras de

Paul pour aller se visser dans l'os. « Putain de saloperie ! » l'anesthésie avait fonctionné mais Paul avait fait l'erreur de regarder son bras, il était blême. Il se promit de ne pas réitérer lors de la procédure d'extraction.

Ayant repéré la zone à toucher sur l'écran de contrôle pour lancer l'extraction, Paul se regarda dans le miroir, serra les dents. « Allez, tu peux le faire, ça n'est rien qu'une grosse piqure. » Son index toucha l'écran de contrôle, le corps du dispositif microchirurgical s'ouvrit pour laisser passer une tige télescopique se terminant par une lame de scalpel. Juste avant que la lame ne pénètre sa chair, Paul fut ébloui par un éclat de lumière causé par la réflexion de la lampe de sa salle de bain sur le métal chromé de la tige. La lame était chauffée à plusieurs centaines de degrés pour brûler les capillaires sanguins et limiter le saignement. Paul qui fixait toujours son reflet dans le miroir vit la fumée causée par la chair brûlée monter. Puis il fut pris de nausée quand l'odeur particulière envahit la pièce. On aurait dit une côte de porc avariée grillée au barbecue. Lorsque le passage fut fait par la lame et les chairs maintenues écartées par des crochets, un bras télescopique muni d'une tête foreuse pénétra jusqu'à l'os, à l'emplacement précis du mouchard.

Paul entendit le bruit horriblement strident de la tête foreuse et se remémora ses pires souvenirs de passages chez le dentiste. L'anesthésique était puissant mais la douleur trop forte. Paul serra les dents, de son bras valide il attrapa brusquement une serviette de toilette dans laquelle il mordit pour ne pas hurler. Enfin le bras remonta avec une demi-sphère d'os dans laquelle se trouvait le mouchard. Paul détacha le dispositif micro-chirurgical et examina la plaie, l'incision faisait à peine quelques centimètres, il n'aurait pas besoin d'agrafes. Il nettoya les plaies au-dessus du lavabo qui prit la teinte rosée de l'eau mélangée au sang, puis y appliqua un gel désinfectant et cicatrisant avant de bander son avant-bras. Le gel était composé d'un biopolymère, une sorte de colle pour tissus biologiques qui allait grandement accélérer le processus de cicatrisation.

Enfin il put récupérer la demi-sphère d'os qu'il nettoya avec soin. Mouchard noir sur fond d'os blanc, on aurait dit l'œil d'une poupée ou d'une peluche. Il colla le mouchard-oeil à même sa peau à l'aide d'un sparadrap, de cette manière il le porterait toujours sur lui.

Epuisé, le bras toujours engourdi, Paul s'allongea sur le banc couchette de son studio et sombra rapidement dans un sommeil tumultueux.

Il se réveilla en sursaut à l'aube du jour, un de ses derniers s'il échouait dans sa tentative, pensa-t-il amèrement. Il avait dormi presque 14 heures d'un mauvais sommeil, et dès le réveil cette pensée obsédante le transperça comme un grand coup d'épée. Dans un effort, il chassa cette sombre idée et se focalisa sur son désir de vie. Ce fut encore une fois l'image du sourire de Lisa qui s'imposa, des souvenirs de moments de bonheur avec Patricia et sans qu'il ne puisse l'expliquer le regard gris acier d'Eliah. Je m'accroche au regard de cette fille car elle représente aujourd'hui mon seul espoir de futur se dit-il.

Il défit son bandage et examina son avant-bras gauche dont la cicatrisation était déjà bien avancée, encore 24 heures et on distinguerait à peine de légères cicatrices. Après avoir refait son bandage, il réfléchit au programme de sa journée. Il devait rencontrer le prêtre à 10 heures, ce rendez-vous faisait partie de la procédure LIVOVI. Cela lui laissait largement le temps pour un café. Il se décida pour le Moderne, un endroit qu'il appréciait et qui se trouvait non loin du temple néo-chrétien.

***

Confortablement installé dans son fauteuil de directeur du groupe Bulsom, Greg savourait son premier ristretto de la journée. Le groupe Bulsom avait prospéré au cours des dernières décennies en diversifiant ses activités, sachant toujours dénicher le bon filon et proposer des produits dans l'air du temps.

Lorsque Greg avait investi massivement dans les technologies de systèmes de préhension robotiques, il y a de cela quelques années, beaucoup lui avait ri au nez. La bataille qui faisait rage alors dans le domaine en rapide expansion des robots androïdes était celle de l'Intelligence Artificielle, des interfaces vocales ou des expressions faciales. Alors que tout le monde s'échinait à doter ses prototypes d'un faciès et d'un mode d'expression humain, les mains des androïdes étaient laissées-pour-compte.

Greg tirait une immense satisfaction du fait que les androbots actuellement sur le marché ressemblait bien plus à leurs acquéreurs par leurs mains que par leur visage. Les visages humanoïdes au réalisme poussé avaient été globalement boudés par les consommateurs – ils causaient un trop grand trouble existentiel – tandis que les androbots équipés de mains pouvant reproduire l'essentiel des fonctions de la main humaine avaient rencontré un véritable plébiscite. Ils pouvaient de manière concrète suppléer l'Homme dans de nombreuses tâches du quotidien, ce en quoi ils faisaient le bonheur de leurs riches acheteurs. Soixante-dix pour cent des androbots commercialisés au cours des derniers mois étaient équipés des technologies Bulsom pour la préhension humaine. Mais Greg ne s'était pas arrêté en si bon chemin, il avait dernièrement entrepris une diversification encore plus audacieuse dont la rentabilité était sans égale. D'une légère pression sur la zone tactile de son bureau vitré il appela son assistante. « Ronnie, pouvez-vous m'apporter les résultats ultra-consolidés du groupe pour le dernier trimestre ? » Par ultra-consolidés, Greg entendait les résultats provenant des activités officielles et des activités secrètes de Bulsom.

Ronnie ne tarda pas à entrer dans le bureau en tendant une mince liasse de documents à son patron.

– Ils sont imprimés sur du papier à dégradation expéditive, n'oubliez pas de les mettre dans votre corbeille d'ici 15 minutes autrement ils vont tâcher vos mains, vos vêtements ou votre bureau.

– Merci Ronnie, répondit Greg, vous pouvez me laisser.

Pour un groupe comme Bulsom qui réalisait un chiffre d'affaires important grâce à la vente d'androbots, c'était un comble d'employer des assistantes humaines mais, en regardant Ronnie partir, Greg se dit que s'il croyait au potentiel des androbots, il avait une foi inaltérable en l'émotion que provoquait le fessier rebondi de son assistante.

Les chiffres étaient bons, très bons et à en croire son contact au gouvernement central, ce n'était qu'un début.

***

En entrant dans la salle à l'atmosphère surannée du Moderne, Paul aperçut Eddy accoudé au comptoir. Eddy était un ancien collègue de chez R-tech pharm, l'entreprise pharmaceutique pour laquelle Paul avait travaillé durant des années. Il était également comme lui un prescrit. Eddy avait quitté R-tech pharm après plus de 20 ans passés dans l'environnement austère des salles blanches de production. Il avait en cela été aidé par son chef, un pervers narcissique notoire, le genre de gars capable d'envoyer un parpaing pour sauver de la noyade une personne en détresse. Agé de 80 ans et faiblement qualifié, ses perspectives étaient minces sur le marché de l'emploi. Avec sa retraite anticipée de misère, Eddy ne parvenait pas à boucler les fins de mois. Il avait été contraint d'adhérer à LIVOVI pour percevoir une pension complémentaire.

– Salut Eddy ! lança Paul.

Eddy se redressa sur son tabouret en tournant faiblement la tête, il dévisagea Paul sans paraître le reconnaître. Puis une lueur passa dans son regard embrumé par l'alcool. « – Oh salut Paul, qu'est-ce qui t'amène dans le coin ? – L'odeur enivrante du pur arabica ! » dit Paul en faisant un clin d'œil au patron qui essuyait un verre derrière le bar. D'un regard entendu, celui-ci lui confirma qu'Eddy ne tournait pas au café et qu'il était sérieusement éméché.

Paul s'installa à côté de son ancien camarade, ils ne se voyaient pas beaucoup chez R-tech car Paul y occupait un emploi de bureau, néanmoins une forme de connivence s'était développée entre les deux hommes au fil des ans.

– Eddy tu crois pas que tu devrais ralentir un peu sur la boisson ?

– S'il n'y avait que ça mon vieux, je suis chargé, une

véritable armoire à pharmacie ambulante ! J'ai dans les veines un cocktail qui ferait pâlir notre ami barman ici présent.

– OK Eddy, c'est peut-être pas la peine de le crier sur tous les toits, prends un peu d'eau avec un Sobremax ça te fera du bien.

Paul tendit un comprimé à son ami alors que le patron apportait un verre d'eau. Une fois qu'Eddy retrouva un peu de sérénité il reprit la conversation :

– C'est toute cette merde de LIVOVI que j'arrive pas à gérer, j'angoisse en permanence à cause de mon retrait.

– Combien de temps il te reste ?

– J'ai pris une limitation de 20 ans, j'ai encore 5 ans avant mon retrait mais je ferai en sorte de crever avant, je ne laisserai pas la possibilité à ces salauds de me finir. Et toi t'en es où ?

– J'ai reçu la convocation pour ma cérémonie qui aura lieu à la fin de la semaine.

– Putain de merde mais t'es encore jeune, comment c'est possible ?

– L'opération pour mon cancer était extrêmement coûteuse, j'ai dû prendre le niveau de limitation maximum pour pouvoir la financer et avoir de quoi vivre pendant ma convalescence.

– J'aimerais pas être dans ta tête mon vieux, t'es pour ainsi dire dans le couloir de la mort. Tu dois sacrement gamberger. Tu vois un prêtre ?

– J'ai rendez-vous tout à l'heure avec le père Roy qui m'a été assigné par LIVOVI, on a fait plusieurs séances ensemble. Il essaye de me faire accepter l'inacceptable. Je ne peux pas dire que ce soit fructueux pour le moment.

Le café de Paul arriva, Eddy tenta d'en profiter pour

commander un nouveau whisky mais au visage fermé du patron il comprit qu'il ne se ferait plus servir d'alcool au Moderne aujourd'hui. Il s'approcha de Paul et poursuivit à voix basse.

– Si j'étais dans ta situation j'essayerais cette nouvelle molécule dont tout le monde parle chez les prescrits.

– De quoi s'agit-il ? Je n'en ai jamais entendu parler.

– Mais si, le D-hope. Beaucoup de prescrits angoissés par leur retrait se sont mis à en consommer. C'est anxiolytique et hallucinogène. Rien de tel qu'un trip mystique dans ta situation.

– C'est gentil Eddy mais je vais passer mon tour et je pense que tu ferais mieux de ralentir sur les psychotropes. Il te reste cinq années à vivre, ne va pas les gâcher en sombrant dans la dépendance. Il faut que j'y aille si je ne veux pas être en retard à mon rendez-vous. Prends soin de toi Eddy.

Paul tendit sa carte unique au patron pour régler les consommations. Ce dernier l'approcha du lecteur et resta figé un moment à regarder l'écran. Il releva tristement les yeux vers Paul et le regarda avec pitié : « laissez tomber, je vous offre vos boissons. » Paul avait vu ce type de réactions se multiplier ces derniers temps, c'était touchant de sollicitude mais ça lui pesait. Il aurait voulu vivre ses derniers jours comme n'importe quel citoyen mais le gouvernement lui refusait même cela. À chaque fois qu'il utilisait sa carte unique le délai lui restant à vivre s'affichait sur les terminaux informatiques. Les réactions allaient de la pitié au déni voire à une certaine forme de rejet. Il y avait dans la société une formidable hypocrisie sur la question des prescrits. Les moins fortunés préféraient penser que ça n'arrive qu'aux autres et qu'ils y échapperaient d'une manière ou d'une autre. Les plus riches quant à eux réagissaient comme ils l'ont toujours fait. Ils s'imaginaient ne devoir leur bonne fortune qu'à leur mérite et à leur courage, le corollaire de cette pensée était que les prescrits, quelque part, méritaient leur sort.

Au moment où il s'apprêtait à sortir du Moderne, quelque chose dans le champ de vision périphérique de Paul attira son attention. Une silhouette grande et mince au fond de la salle. Trinh adressa un imperceptible sourire à Paul puis retourna à son café comme si de rien n'était.

En attendant l'aéro-taxi qui le conduirait au temple, Paul réfléchit à toute vitesse. La bonne nouvelle était que la présence de Trinh au Moderne lui apportait la confirmation qu'il n'avait pas endommagé le mouchard pendant la procédure d'extraction, la mauvaise était qu'il ne voyait pas encore comment il procéderait pour tromper la vigilance de Trinh et de ses hommes.

4

Le néo-christianisme avait longtemps été une secte dormante, sous les radars. Il y avait ça et là de petites communautés qui s'organisaient autour de prédicateurs, mais leur influence était limitée et elles ne causaient pas de trouble majeur à l'ordre public. Aussi on s'intéressait fort peu au contenu de sa doctrine. C'est le père Roy qui en était à l'origine. À une époque où les valeurs traditionnelles s'étaient effondrées au profit d'un individualisme exacerbé, il avait flairé la nécessité d'une spiritualité d'un genre nouveau.

La paix durable instaurée par le libéralisme économique globalisé et la santé perpétuelle accessible aux plus fortunés avaient en quelque sorte déprécié la vie. Sans l'aiguillon de l'adversité, les âmes exaltées s'étaient assagies et les valeurs sociétales avaient régressé. On ne se battait plus pour des idées mais pour des produits électroniques flambant neufs. Les gens s'étaient progressivement habitués à passer de longues existences de consommateurs, pratiquant le culte de la nouveauté dans tous les espaces de cybershopping.

Pourtant la consommation incessante n'apportait qu'une réponse très limitée aux questions existentielles et la quête de sens revenait inlassablement tourmenter l'Homme.

L'un des fondements du néo-christianisme, commun au catholicisme, est que notre existence présente n'est pas la plus avantageuse de celles que nous avons à vivre. C'est sur la nature de la vie après la mort que la doctrine néo-chrétienne diffère. Dès ses premiers prêches, Roy avait d'emblée mis l'accent sur la résurrection des croyants, mais ce qu'il offrait à ses adeptes comme renaissance était bien supérieur aux propositions des autres religions. Ici, point de cycle infernal de réincarnations pour éventuellement accéder au nirvana comme chez les hindouistes. Il s'agissait d'une renaissance dans un corps à la fois spirituel et matériel, la promesse de dépasser nos limitations physiques tout en gardant notre capacité à interagir avec notre environnement matériel. La croyance développée par Roy n'était ni plus ni moins que le passage au statut de demi-dieu. Par la mort nous allions quitter notre existence de chenille pour entamer celle du papillon, sauf que pour le néo-christianisme le papillon vit très longtemps.

Cette promesse de transcendance a pris chez quelques adeptes, elle présentait l'avantage d'être non violente et d'apaiser les esprits tourmentés. Non seulement on avait droit à une deuxième chance, mais le meilleur restait à venir. Evidemment la supra-vie n'était accessible qu'aux bons croyants guidés par un prêtre reconnu par l'église néo-chrétienne, ce qui revenait à dire choisi par Roy.

Lorsque les fondateurs de LIVOVI avaient cherché un accompagnement spirituel pour les prescrits, ils s'étaient naturellement tournés vers les confessions chrétiennes dont le rapport à la mort semblait compatible avec le programme. Le père Roy et le culte néo-chrétien avaient été une sacrée aubaine. Le culte, parce qu'il sacralisait l'existence à venir après la mort, et Roy parce qu'en dépit de sa vie en apparence vouée à la spiritualité, il avait une ambition et un sens des affaires qui étaient d'excellentes garanties de contrôle pour le gouvernement central.

L'affaire avait été rapidement conclue. Le néo-christianisme, sans être une religion d'état, pouvait se targuer d'être la seule religion à bénéficier d'un partenariat officiel avec le gouvernement. Les prêtres néo-chrétiens accompagnaient les prescrits dès leur adhésion à LIVOVI et jusqu'à leur retrait. Roy n'en revenait toujours pas de la fulgurante expansion de son église. LIVOVI avait créé une manne d'âmes en perdition sur laquelle il était en situation de monopole.

Après avoir tenu des prêches dans les zones polluées de la ville basse, il disposait aujourd'hui d'un temple flambant neuf érigé sur le toit d'une tour du quartier d'affaires à plus de 600 mètres du sol.

À 10 heures précises, Paul se présenta à l'entrée du temple. Il y fut accueilli par un secrétaire qui le conduisit jusqu'à la salle qu'employait Roy pour ses entretiens avec les prescrits. En attendant le prêtre, Paul détailla la riche décoration de la salle. Les représentations de la supra-vie rappelaient les figures de la mythologie antique, des hommes et des femmes dotés de pouvoirs surnaturels. « J'aime à me perdre dans la contemplation de ces sculptures. J'espère que tout comme moi vous parviendrez à y trouver la sérénité dont vous avez tant besoin. » Le père Roy était entré dans la pièce sans que Paul ne s'en aperçoive.

5

Lorsque Paul fut redescendu au pied de la tour qui hébergeait le temple néo-chrétien, il entama la remontée du boulevard de la République pour se rendre vers les quais. Il ruminait son entrevue avec le père Roy. Tous les échanges qu'ils avaient eus le sidérait. Après chaque entretien, il éprouvait le besoin d'être dehors comme si l'air pollué pouvait le décontaminer.

Ce qui le perturbait le plus était qu'il était sûr que Roy, à un certain niveau, devait être convaincu qu'il faisait ce qu'il fallait ; qu'il était utile à sa communauté et à la société. Il fut tiré de ses pensées par une personne qui le hélait de l'autre côté du boulevard. Sur ses gardes, il s'approcha avec prudence, il espérait que ce soit un contact d'Eliah qui lui apportait de nouvelles instructions pour son évasion.

Le type se trouvait à l'angle du boulevard et d'une ruelle sombre. En s'approchant de lui, Paul distingua des ombres en mouvement dans la ruelle.

– Hé toi le prescrit, tu veux du D-hope ?

– Qu'est-ce qui vous laisse penser que je suis un prescrit ? répondit Paul.

– Tu ne sors pas à l'instant du temple néo-chrétien ? Les ouailles du père Roy sont généralement des prescrits.

– Et eux ils en ont pris ? demanda Paul en désignant les ombres qui s'agitaient de manière chaotique dans la pénombre de la ruelle.

– Un aller simple pour le paradis mon gars ! Dès ta première dose tu oublieras tout de tes angoisses existentielles.

Alors que le dealer était manifestement parti pour lui balancer tout son argumentaire marketing, ils entendirent une voix amplifiée par un haut-parleur au-dessus d'eux. « NE BOUGEZ PAS ET METTEZ VOS MAINS EN L'AIR ! ». La voiture de patrouille se posa à quelques mètres de Paul et du dealer. Deux officiers en uniforme en sortirent. Paul perçut les ombres dans la ruelle qui détalaient furtivement, il ne restait plus que lui et celui qui immanquablement aller être pris pour son dealer. C'est bien ma veine pensa-t-il.

***

Roy, assis à son bureau, regardait son visiophone comme s'il attendait que celui-ci se mette à parler. C'était la part du contrat conclu avec LIVOVI qui le mettait le plus mal à l'aise. Mais Dieu savait se montrer miséricordieux, il était bien placé pour le savoir. Il approcha lentement la main de l'écran de contrôle puis, résolu, il appuya du doigt pour passer son appel.

– Oui ? répondit la voix à l'autre bout de la ligne.

– C'est au sujet du prescrit 482-C.

– Qu'y a-t-il ?

– Je ne suis sûr de rien mais… Son comportement m'a semblé étrange lors de notre séance aujourd'hui.

– Qu'entendez-vous par là ?

– C'est difficile à exprimer, disons qu'il ne s'est pas montré aussi résistant qu'à son habitude dans nos échanges.

– Est-ce que vous pourriez développer ?

– Lors de nos précédents entretiens, Paul a toujours manifesté un grand scepticisme face à la supra-vie. Par ailleurs, il ne cessait d'argumenter au sujet de l'injustice dont il se disait être la victime. Cela donnait lieu à de longs échanges éreintants. Aujourd'hui rien de tout cela, il a écouté passivement mes arguments, il semblait tout simplement ailleurs. Ce n'est peut-être rien mais je voulais tout de même vous le signaler.

– Vous avez bien fait Roy, merci pour votre appel.

Trinh raccrocha sans même attendre la réponse du père Roy, il arrivait au quartier général de la division spéciale. C'était un bâtiment d'allure austère que le gouvernement central avait choisi pour sa proximité avec le ministère de la santé, de la retraite et de la durée de vie. Le but était de renforcer la collaboration et l'échange d'informations entre la division spéciale et les équipes administratives de LIVOVI implantées au ministère. En pratique, cette collaboration était difficile. Bien que détachée auprès du ministère, la division spéciale était issue d'un corps d'armée, la culture du secret y était bien ancrée.

Trinh tendit sa carte unique au garde en faction devant l'entrée et se présenta au scan de reconnaissance faciale en même temps qu'il apposait son pouce sur le lecteur d'empreinte. Une fois passée la triple identification, il entra dans le bâtiment, se dirigea vers la salle des opérations et interpella un lieutenant :

– Lieutenant Holzer !

– Oui capitaine.

– Renforcez la surveillance du prescrit 482-C. Je veux un analyste qui trace son mouchard en permanence. Sur le point de partir, Trinh ajouta : et tenez-moi informé du moindre déplacement suspect.

– D'accord capitaine.

Je ne sais pas à quoi tu penses Paul mais si tu fais le moindre faux pas, je serai là, se dit Trinh en regagnant son bureau.

***

Armes de service au poing, les officiers s'approchaient précautionneusement des deux individus pour leur interpellation.

– Oh oh tout doux, pas besoin de ça, on fait rien de mal nous autres, dit Smokey.

– C'est ça. Et les types qu'on a vu détaler à notre arrivée, ils n'avaient rien à se reprocher non plus, dit le premier officier.

Alors que son collègue gardait Paul et Smokey en joue, il rengaina son arme et entreprit de les fouiller. Paul jugea plus sûr de garder le silence à ce stade, il ne savait pas exactement de quoi il retournait. Suite aux intimidations de Trinh, ce contrôle de police pouvait être une simple coïncidence comme il pouvait être tout autre chose.

– C'est bon tu peux ranger ton flingue, ils ne sont pas armés. Par contre regarde ce que j'ai trouvé sur celui-ci dit l'officier en désignant du doigt Smokey. De son autre main il agitait un petit sachet contenant des cachets.

– Hé, rendez-moi ça, vous n'avez pas le droit, ce

sont mes médicaments. J'ai un problème au cœur, tenta Smokey.

– Ben voyons, dit le deuxième officier. Contrôle d'identité. Donnez-moi vos cartes uniques.

Paul et Smokey s'exécutèrent et l'officier alla à la voiture de patrouille interroger les fichiers de la police.

– Frank, vient voir ça, dit-il à son collègue.

– Vous deux vous ne bougez pas, dit Frank en s'adressant à Paul et Smokey.

La voiture n'était située qu'à quelques mètres mais Paul ne parvenait pas à discerner ce que les officiers se disaient. Il réfléchit à toute vitesse. Manifestement ils ont trouvé quelque chose qui les interpelle au sujet de l'un d'entre nous mais lequel ?

L'officier le plus jeune, le dénommé Frank, s'approcha à nouveau. « On vous embarque au poste pour effectuer quelques vérifications. »

– Qu'est-ce qui nous est reproché exactement ? s'enquit Paul.

– Votre camarade ici présent est connu des services de police, il se fait appeler Smokey, c'est un vendeur de drogues. Selon toute vraisemblance il s'apprêtait à vous vendre du D-hope, une nouvelle molécule en vogue. C'est en tout cas ce que nous allons vérifier par une analyse des cachets que nous avons saisis.

– Ce n'est pas mon camarade, je ne le connais même pas. Je marchais sur le boulevard lorsqu'il m'a apostrophé. Je n'ai rien à voir avec cette histoire.

– Ecoutez Monsieur, si vous n'avez rien à vous reprocher nous pourrons facilement l'établir au poste. En attendant vous êtes placé en garde à vue.

L'officier leur passa les menottes et les installa à l'arrière de la voiture de patrouille, celle-ci s'éleva dans les airs dans un vrombissement.

Paul et Smokey furent placés dans deux cellules différentes dès leur arrivée au poste. Dans sa cellule, Paul tenta de se calmer. Il rejoua mentalement la séquence d'événements qui l'avait conduit à cet instant précis. L'entrevue avec le père Roy puis, dès sa sortie du temple, Smokey qui l'avait attiré au coin du boulevard et enfin, immédiatement après, l'interpellation par les forces de l'ordre.

Pris de panique il s'interrogea ; se pouvait-il que sa discussion avec Eliah ait été entendue ou bien, pire encore, qu'Eliah ait été arrêtée ? De sa main droite il palpa le haut de sa cuisse au niveau de l'aine. Il sentit sous ses doigts une très légère aspérité à l'endroit où il avait fixé le mouchard. Il ne faisait que quelques millimètres mais que se passerait-il si les officiers procédaient à une fouille plus minutieuse ?

Smokey avait été emmené en salle d'interrogatoire et Paul ne se faisait aucune illusion sur ce qui était susceptible d'en ressortir. Les policiers confirmeraient certainement qu'il était un dealer et que les cachets étaient du D-hope. Quant à la version que Smokey donnerait de leur rencontre et de leur conversation, là encore Paul n'avait aucun espoir. Smokey n'avait rien à gagner à le couvrir, au contraire, il y avait fort à parier qu'il donnerait une version à charge contre Paul pour essayer de diminuer sa peine.

C'est à ce moment qu'un officier frappa à la porte de la salle d'interrogatoire. L'inspecteur qui interrogeait Smokey sortit. Les deux hommes échangèrent à voix basse. La colère et l'incompréhension se lisaient sur le visage de l'inspecteur. D'un geste agacé, il ouvrit la porte de la salle d'interrogatoire et invita l'officier à y pénétrer.

De l'endroit où il était placé dans la cellule, Paul put voir l'officier enlever les menottes de Smokey. Ce dernier massa ses poignets endoloris puis se mit à marcher dans le couloir du poste de police. Lorsqu'il arriva au niveau de la cellule de Paul, il marqua un bref arrêt et s'approcha des barreaux. « A un de ces jours mon vieux, tu sais où me trouver » lui lança-t-il avec un clin d'œil. Sans autre formalité il se rendit à la sortie du poste de police.

Ils l'ont libéré pensa Paul, cette fois pas de doute, je suis piégé. Je n'aurai même pas l'occasion de voir une dernière fois ma fille autrement que sous l'emprise de la drogue lors de ma cérémonie de retrait.

L'officier s'approcha de sa cellule et entreprit d'en déverrouiller la porte. Digne, Paul se leva et le regarda droit dans les yeux, le moment fatidique est arrivé se dit-il.

« Nous n'avons aucune charge contre vous, vous êtes libre. » Paul resta un moment interdit sous le coup de l'incompréhension. « Monsieur vous m'entendez ? Vous pouvez sortir. » Hésitant, Paul parvint à se mettre en marche et à sortir de la cellule. À chaque pas il s'attendait à ce que Trinh déboule dans le poste pour le remettre au trou. Il parvint difficilement jusqu'au sas et une fois dans la rue continua à marcher mécaniquement sans se retourner. Au bout d'une centaine de mètres, lorsqu'il fut certain qu'aucun officier ne le suivait pour le rattraper, il éclata : « C'était quoi ça ? » Paul avait formulé à voix haute la question qu'il s'adressait à lui-même. Quelques passants se retournèrent puis continuèrent leur chemin. Il ne parvenait pas à comprendre la raison pour laquelle ils avaient été libérés tous les deux.

6

Patricia avait passé une mauvaise journée. Cela avait commencé tôt ce matin par un appel de Lisa en pleurs, inconsolable. Quelles paroles réconfortantes pouvait-elle invoquer pour apaiser la douleur d'un enfant dont le père va être exécuté ? Elle avait fait du mieux qu'elle pouvait en évitant surtout de rappeler à Lisa que LIVOVI lui avait permis de bénéficier de la présence de son père pendant les 9 dernières années, cela n'aurait fait qu'attiser la colère et la haine de Lisa envers le gouvernement. Un sujet de préoccupation grandissante pour Patricia comme pour Greg d'ailleurs, leurs rares disputes tournaient systématiquement autour des élans contestataires de Lisa.

Elle avait simplement écouté sa fille et tenté de la rassurer de son amour de mère. Elle n'avait raccroché que lorsqu'elle avait senti Lisa s'apaiser quelque peu, mais elle savait qu'elles allaient au devant de temps difficiles avec le retrait de Paul qui approchait.

Puis, alors qu'elle tentait de se changer les idées en s'absorbant dans son travail, une vive polémique avait éclaté avec ses collègues au sujet des prescrits. C'était au moment du déjeuner, la galerie d'art était fermée au public. Ses collègues étaient en salle de pause et avaient mis la radio en fond sonore. Lors du flash d'actualités, la présentatrice du journal avait mentionné le casse d'un drugstore la nuit précédente par une bande de prescrits sous l'emprise de substances.

Son collègue Bill qui n'ignorait rien de la condition de prescrit de son ex-mari avait asséné : « Foutus prescrits, on devrait les enfermer jusqu'à leur retrait ! » Bill n'était pas connu pour être un modèle de tolérance. On peut même le dire franchement, c'était un gros con. Patricia aurait pu faire comme si elle n'avait rien entendu mais cela avait été plus fort qu'elle, elle s'était levée de son bureau, avait déboulé en salle de pause et d'une voix qu'elle voulait calme et posée avait hurlé : « Mais ça veut dire quoi ça bordel ! Comme s'il n'y avait jamais eu de casses de drugstore avant. » Prenant à parti ses collègues, elle avait ajouté « qui parmi vous n'a pas un proche, qu'il soit un ami ou un membre de votre famille, prescrit ? » Bien peu avait levé le doigt. En fait il n'y avait que Sandra, la secrétaire, et Patricia évidemment. C'est alors qu'elle avait pleinement mesuré à quel point elle avait changé de milieu en épousant Greg. Elle n'avait pourtant pas renié son ancienne vie et ses anciens amis, les choses s'étaient faites presque naturellement, la formidable distance de l'argent.

Gênée par les regards baissés de ses collègues, elle avait pris ses affaires et quitté précipitamment son travail pour se réfugier chez elle.

En entrant dans sa villa, elle tendit sa veste à l'androbot qui l'attendait derrière le sas.

– Greg n'est pas à la maison ? demanda Patricia à l'androbot.

– *Monsieur a une réunion au ministère, il rentrera tard aujourd'hui.*

– Oui c'est vrai, j'avais oublié.

Il rentre tard tous les soirs de toute manière pensa Patricia. Lisa était à la faculté et ne rentrerait pas avant le dîner. Patricia se changea pour aller courir, elle avait besoin de calmer ses nerfs.

***

« Voyez-vous Greg, le programme LIVOVI entre dans une phase critique. » Greg ne voyait pas mais il jugea plus sûr de ne rien en dire. L'homme se tenait face à une baie vitrée dans un bureau exigu du ministère de l'industrie, il tirait sur un épais cigare électronique. Le rendez-vous avait lieu dans le plus grand secret. Le prétexte officiel était une réunion de travail entre le responsable de la mission androbots du ministère de l'industrie et le directeur du groupe Bulsom afin de discuter de la structuration de la filière et des leviers pouvant être actionnés par le gouvernement pour accélérer la diffusion des androbots. L'homme qui se trouvait dans la pièce ne connaissait probablement pas grand-chose aux technologies robotiques pour la préhension humaine, il s'agissait d'un officiel du ministère de la santé, de la retraite et de la durée de vie. Quelqu'un de haut placé se dit Greg, le groupe Bulsom joue gros dans cette affaire.

Lorsque l'homme se retourna pour lui faire face, Greg tenta d'identifier son visage. Il ne lui rappelait aucun visage connu. Un peu déçu Greg se dit qu'encore une fois il avait à faire à un simple messager. Pourtant quelque chose le dérangeait dans ce visage, un problème de proportions, comme si son interlocuteur n'avait pas tout à fait figure humaine. Soudain, il réalisa ce que c'était. L'homme avait pratiqué sur son faciès des modifications physionomiques temporaires. Des injections qui changent l'apparence d'un visage jusqu'à le rendre non identifiable. Ce type de traitement était illégal car il permettait d'échapper à l'identification par reconnaissance faciale.

Ils prennent un maximum de précautions, ce doit être quelqu'un de très haut placé se dit Greg rasséréné. En industriel rompu aux affaires il tempéra rapidement son enthousiasme en mesurant les risques ; le gouvernement ne veut absolument pas se mouiller dans cette histoire, si les choses devaient mal tourner ils nieront tout contact avec Bulsom.

« Lorsque nous avons créé LIVOVI – il y a maintenant 12 ans – nous savions pertinemment que la contestation serait initialement faible. Les « volontaires » étaient dans des situations de nécessité extrême causées soit par la maladie, soit par la pauvreté. La promesse de percevoir de l'argent dès leur adhésion a fait taire toute velléité de rébellion. Aujourd'hui, les premiers « volontaires » ayant pris des limitations maximums parviennent au stade du retrait. Bien que nous prenions toutes les précautions pour l'organisation des cérémonies, on entend dans la société civile des voix s'élever contre la prétendue barbarie du système. Il se trouve même quelques « volontaires » qui tentent de fuir et que nous devons pourchasser. »

L'homme marqua une courte pause. À la manière dont il prononçait le mot de « volontaires », Greg avait perçu toute la répugnance qu'il avait à l'égard des prescrits. À présent l'homme le regardait, il tira à nouveau sur son cigare électronique et des volutes de fumée sortirent de ses narines. Ce visage aux proportions déformées masqué par un voile de fumée faisait froid dans le dos. Il semblait attendre une réaction. « C'est choquant, dit Greg, ces gens trahissent le contrat qu'ils ont passé avec le gouvernement. » L'homme paru satisfait, il poursuivit : « Nous devons à tout prix éviter que l'opinion prenne fait et cause pour les prescrits. C'est fondamental Greg, il en va de la réussite de LIVOVI. » Après avoir marqué une nouvelle pause pour souligner la force de son propos, il conclut : « Pour cela, j'ai besoin de marginaliser encore davantage les prescrits. Je veux que les gens s'en méfient, qu'ils les évitent, qu'ils en aient peur. Et, pour finir, je veux qu'ils les haïssent. »

– Et en quoi puis-je vous aider ? interrogea Greg. Je ne suis pas sûr de comprendre.

– Je pense au contraire que vous comprenez parfaitement, autrement vous ne seriez pas là. Du D-hope, Greg, il me faut beaucoup plus de D-hope. Je veux que tous les prescrits en consomment, qu'on ne voit en eux que des drogués dégénérés.

– Augmenter les capacités de production de la molécule n'est déjà pas en soi une simple affaire, mais la distribution va être un vrai problème. Il me faut beaucoup plus de dealers et il s'agit d'une activité risquée…

– Ne vous en faites pas Greg, nous avons quelques complicités haut placées dans la police. Nous ferons en sorte que les patrouilles regardent ailleurs. Des instructions en ce sens ont déjà été données… Par exemple, si un de vos dealers venait à être pris nous pourrions faire le nécessaire pour qu'il soit relâché…

Bien que son visage restât en apparence impassible, Greg était en état d'alerte. Cela corrobore les informations qui m'ont été remontées du secteur 12 où un des gars a été arrêté puis, sans que l'on comprenne pourquoi, relâché. Ce ne peut pas être une simple coïncidence. Il s'était longuement interrogé sur le sort favorable qu'avait connu son dealer et avait fini par l'attribuer à un probable vice de procédure au moment de l'arrestation. Il en était tout autrement et l'homme qu'il avait en face de lui avait le pouvoir de faire ce qu'il avançait. « Je comprends » finit-il par dire. Greg hésitait, les perspectives de chiffres d'affaires étaient tout simplement astronomiques, mais les risques pour Bulsom ne l'étaient pas moins.

« Si Bulsom n'est pas en capacité de répondre à la demande, je suis sûr que nous trouverons d'autres groupes industriels intéressés par notre offre. Ce que je vous propose Greg, n'est ni plus ni moins que l'exclusivité du marché de la drogue pour les prescrits. » Puis sournoisement il ajouta : « Bien sûr nous pouvons aussi envoyer des équipes d'enquêteurs sur les sites industriels de Bulsom, pour s'assurer qu'il n'y a aucune irrégularité dans vos activités. » De toute manière ils me tiennent pensa Greg, si je refuse ils n'hésiteront pas à me mettre derrière les barreaux. « Ce ne sera pas nécessaire » répondit-il. « Je suis ravi que nous soyons parvenus à un accord. » Ostensiblement l'homme se retourna vers la baie vitrée, manière de signifier que l'entrevue avait pris fin.

***

Incrédule, Paul regardait le petit papier cartonné qu'il tenait à la main. Une invitation, une place aux premières loges pour une représentation à l'opéra. « Avec les compliments de LIVOVI ! » lui avait triomphalement annoncé l'Intelligence Artificielle de son studio en imprimant la place.

Un divertissement offert avant de lui retirer la vie,

c'était bien le style du gouvernement central. De dépit, Paul s'apprêtait à déchirer l'invitation lorsque la voix d'Eliah résonna dans sa tête : « n'attirez l'attention d'aucune manière, rendez vous à toutes les convocations prévues par la procédure LIVOVI. »

Il s'agissait d'une représentation du Peer Gynt, la pièce de l'auteur norvégien Henrik Ibsen mise en musique par Edvard Grieg. Paul appréciait la musique de Grieg mais connaissait mal l'histoire de Peer, héros ambivalent, éternel voyageur tentant de se soustraire à la réalité de sa condition. Un peu comme moi pensa Paul. Le parallèle s'arrêtait là. Dans la pièce d'Ibsen, Peer est malhonnête et menteur, il ne cesse de fuir des situations impossibles qu'il a lui-même créées.

Il me faut un costume correct pour entrer à l'opéra se dit Paul, il regarda l'heure sur le terminal de son IA, les boutiques étaient encore ouvertes. À côté de l'heure, il lit la date : 23 mars 2058. Son retrait aurait lieu dans deux jours, le 25 mars.

Alors qu'il déambulait sur une passerelle de la ville haute pour se rendre au centre commercial, Paul aperçut une femme à genou sur le sol, les mains jointes et les yeux fermés. Elle récitait une prière. En passant à côté d'elle, Paul en entendit quelques bribes : « …Seigneur je te rends grâce, j'appelle ton nom très sain. Lorsque je tomberai dans le grand abîme et que je sentirai auprès de moi ta présence apaisante, je ne tremblerai point. Car je sais que de ta main puissante, tu me relèveras et me conduira vers un jour nouveau. À l'aube de la supra-vie, je serai plus proche de toi… » La supra-vie, si toutefois elle existe, je ne suis pas pressé de la découvrir se dit Paul.

Dans la boutique, il opta pour un smoking noir avec une coupe ajustée. Il compléta sa tenue d'une chemise blanche, d'un nœud papillon et de chaussures noires. Il se regarda dans une glace et fut satisfait : il avait de l'allure. C'était la première fois qu'il portait un noeud papillon. Avec un sourire il se souvint que Patricia répétait à loisir qu'elle trouvait ça très sexy. Peut-être qu'il aurait dû prêter plus d'attention à ces petites remarques en apparence innocentes. Il régla ses achats et sortit de la boutique.

De retour dans le flux des clients affairés du centre commercial, Paul prit un bain de foule. Il regardait les gens. Leurs préoccupations lui semblaient dérisoires et pourtant il les enviait. Ils ne vivaient certes pas dans l'insouciance mais, pour la plupart, ils vivaient dans l'ignorance de la date de leur mort. Un androbot s'approcha de lui en lui tendant une enveloppe « C'est pour vous Paul ».

7

Paul savourait l'instant, il se sentait le cœur léger et il avait l'impression que cela ne lui était pas arrivé depuis des semaines, peut-être même des mois. Dans la poche de son smoking il y avait ce petit mot qu'il avait trouvé dans l'enveloppe que lui avait tendu l'androbot. Le texte en était lapidaire : « *Au premier entracte, rendez vous à la loge de la soprane. E.* » Ce que ce simple petit bout de papier pouvait véhiculer d'espoir était proprement vertigineux. Un signe d'Eliah, au moment où il commençait à ne plus y croire.

Assis près d'une fenêtre dans le monorail qui l'emmenait à l'opéra, il contemplait la ville. Malgré son gigantisme il continuait à la trouver belle, surtout lorsqu'on était au-dessus du nuage de pollution. La ville haute s'était développée rapidement avec l'avènement des transports aériens urbains : monorail, drones de transport, aéro-taxis. Les centres d'affaires qui occupaient généralement les derniers étages des gratte-ciels avaient été les premiers à développer un réseau de passerelles aériennes interconnectant les immeubles.

Ce réseau s'était peu à peu étoffé jusqu'à devenir ce que l'on appelait communément la ville haute.

Aux coups d'oeils rapides et respectueux que lui jetaient les passagers de la rame, Paul mesura l'effet produit par son smoking. La reconnaissance sociale, à quoi ça tient se dit-il. Il avait eu des responsabilités professionnelles, un statut et la reconnaissance qui va avec et puis, par un coup du sort, il avait connu la maladie et le regard avait changé. Aujourd'hui, lorsqu'il avait le malheur de dire qu'il était prescrit, il ressentait immédiatement le poids de l'exclusion. Il n'avait pas changé pourtant, mais le regard avait changé. Il n'en concevait pas particulièrement de rancœur mais se disait simplement qu'il y avait là quelque chose de l'ordre de la farce. Farce à laquelle il avait pris part pendant de nombreuses années d'ailleurs. Le monorail ralentit puis s'arrêta à la station Opéra, Paul ainsi que quelques autres passagers en tenue de soirée descendirent.

C'était tout de même quelque chose que cette noble façade que l'on admirait depuis une placette aérienne située à 400 mètres du sol. Adossé à une balustrade, Paul pouvait voir derrière et en dessous de lui les immeubles s'enfonçant dans la brume de pollution et, en face, les colonnes ornementées de l'opéra. Il resta là un moment, attendant que le dernier rayon de soleil qui parvenait à filtrer entre les immeubles disparaisse. Cette lumière magique qui précède le crépuscule et pare d'or tout ce qu'elle touche lui rappelait la beauté du monde.

Enfin, il gravit les quelques marches du perron, franchit la porte majestueuse et se retrouva dans le hall. Il s'apprêtait à rejoindre la file de spectateurs lorsqu'un ouvreur lui demanda son billet. « Si vous voulez bien me suivre Monsieur » lui dit celui-ci. Ils coupèrent la file et montèrent un escalier pour se rendre directement dans la loge. Celle-ci se trouvait immédiatement au-dessus du premier balcon et offrait une vue d'ensemble sur l'orchestre et la scène. Malgré cet emplacement privilégié, Paul ne put s'empêcher de penser que le fait de l'avoir placé en loge l'isolait du public respectable et fortuné du 1er balcon. Cette pensée fut rapidement estompée par la magie de la salle dans laquelle les spectateurs commençaient à s'installer. Le velours rouge capitonné des fauteuils était faiblement éclairé par l'imposant lustre qui irradiait littéralement du plafond. Les fresques peintes sur ce dernier étaient bordées par des moulures dorées. Le tout créait une atmosphère à nulle autre pareille qui, pour le profane qu'était Paul, intimait le silence.

Peu à peu la salle se remplit puis, lorsque l'obscurité se fit, le bourdonnement des spectateurs cessa. Un silence profond s'installa, uniquement troublé par la respiration à l'unisson des quelques dix mille spectateurs qui dans le noir se confondaient.

A cet instant, Paul ressentit une profonde empathie à l'égard de ses semblables et s'émerveilla de cet endroit qui faisait résonner et s'amplifier les émotions. Toutes les barrières qui, il y a quelques minutes encore dans le jour déclinant, séparaient les hommes en fonction de leur appartenance à telle ou telle catégorie de la société sont comme dissimulées. Les codes sociaux, qu'ils soient déterminés par la tenue vestimentaire, par la posture ou par le langage, disparaissent dans le noir et le silence pour un instant suspendu dans le temps. Le rideau se lève sur le premier tableau et chacun retient son souffle pour mieux plonger dans le spectacle.

Au moment où l'intrépide Peer arrive dans l'antre du roi de la montagne et découvre le monde des trolls, un motif musical aux allures de marche est repris par les différents pupitres de l'orchestre puis gonfle et prend de l'ampleur. Le tempo s'accélère, devient frénétique, alors la puissance du chœur envahit la salle, oppressant le public. Peer, poursuivi par une armée de trolls, fuit la menace. Paul est bouleversé, tous ses muscles se contractent et ses mains se crispent sur les accoudoirs de son fauteuil. Dans son esprit se forme l'image de Trinh et de son sourire glaçant, Paul tente de se ressaisir. La musique en tant qu'expérience esthétique a toujours été pour lui un révélateur de son état émotionnel. Au 4ème acte, Paul découvre la voix de la soprane et se laisse envoûter par ses accents mélancoliques. Il s'agit d'une chanson d'amour, la chanson de Solveig qui miraculeusement attend Peer alors que celui-ci, voyage après voyage, multiplie les infidélités. Le chant se termine sur une note aiguë tenue pendant de longues secondes pour progressivement s'effacer et disparaître.

Paul, encore sous le charme de la représentation, mis quelques secondes à reprendre ses esprits lorsqu'arriva le moment de l'entracte. Alors que la salle se vidait de ses spectateurs, il sortit de sa loge pour se rendre discrètement en coulisse. L'envers du décor était aussi impressionnant que la grande salle mais dans un style très différent ; c'était un véritable dédale. Les techniciens et les machinistes s'y affairaient pour préparer les tableaux suivants. Paul prit un air sûr de lui, descendit un escalier et progressa dans un couloir. « Monsieur ! » Paul ne se retourna pas et continua à marcher. « Hé vous ! Qu'est-ce que vous faites là ? » Cette fois Paul se figea, il se retourna lentement.

« La ministre m'a chargé de féliciter la soprane Katia Nilssen pour sa remarquable prestation ce soir. » ça lui était venu comme ça, une tentative désespérée. « Oh, la ministre de la culture assiste à la représentation de ce soir ! Katia sera ravie, mais vous vous êtes trompé de couloir » fit l'homme. « Il vous faut remonter cet escalier et prendre le couloir de gauche, la loge de Katia se situe au niveau de la 2ème porte sur la droite. » Merci beaucoup répondit Paul avec un sourire.

Arrivé devant la porte de la loge, Paul frappa doucement. « Qui est-ce ? » répondit une voix de femme. « Une amie m'a suggéré de passer vous voir à l'entracte » dit Paul. « Entrez et fermez la porte » répondit la voix. La loge était spacieuse et encombrée. Katia était installée sur un fauteuil face à une coiffeuse, elle avait ôté son costume et portait un peignoir.

Maintenant qu'il ne se trouvait qu'à quelques mètres d'elle, Paul lui découvrait un autre visage. Il avait maintes fois constaté ce phénomène lorsqu'il était encore étudiant et suivait des cours en amphithéâtre. La distance et l'éclairage accentuait certains traits du visage et en donnait une image trompeuse. Paul scruta la pièce du regard.

– Elle n'est pas ici Paul, trop risqué. Le gouvernement central a des yeux partout.

– Je comprends, dit Paul, peinant à masquer sa déception.

– Eliah m'a laissé quelque chose pour vous.

Katia ouvrit le tiroir de la coiffeuse et en ressortit un étui qu'elle tendit à Paul. En ouvrant l'étui, Paul découvrit une oreillette, il s'agissait d'un micro système de communication.

– Vous ne devez l'allumer que le jour de votre retrait, deux heures avant le début de la cérémonie. Ils établiront une ligne sécurisée pour vous transmettre des instructions.

– Ils ? De qui s'agit-t-il ?

– Il s'agit des gens qui veulent vous aider à sauver votre peau. Le temps des réponses viendra.

– Si je m'en sors.

Katia tourna son visage pour mieux le regarder et lui adressa un sourire empreint de mélancolie.

– Avez-vous aimé la première partie de la représentation ?

– Oui répondit Paul, beaucoup. Vous avez une voix magnifique.

– Vous êtes gentil Paul, j'espère que vous allez vous en sortir.

– Je vous laisse finir de vous préparer. Au revoir.

– Bonne chance Paul.

***

« Est-ce que tu m'aimes encore ? » Greg se tenait sur le seuil de la salle de bain attenante à leur chambre à coucher. « Bien sûr Greg, quelle question » lui répondit Patricia depuis la douche. Elle sortit de la cabine et attrapa une serviette qu'elle enroula sur ses cheveux. Nue, elle fit quelques pas dans la salle de bain pour prendre son peignoir qu'elle enfila.

Greg s'approcha d'elle, il s'étonnait toujours de ce que le corps nu de sa femme pouvait provoquer comme émotions chez lui. Il était riche et puissant, il pouvait avoir des femmes tous les soirs s'il le voulait, d'ailleurs il ne s'en était pas privé par le passé. Lorsqu'il avait vu Patricia pour la première fois il avait su que cette femme il la voulait, pas pour un soir mais pour toujours. Il s'approcha de son épouse qu'il entoura de ses bras. Mû par le désir, il glissa une main sous son peignoir et tenta de lui caresser un sein. D'un brusque mouvement d'épaule, Patricia se dégagea de son étreinte.

– Non, pas ce soir Greg.

– Tu penses à lui c'est ça ? répondit Greg.

– Mais de quoi tu parles ?

– Je te parle de Paul, ton ex-mari, tu penses à lui n'est-ce pas ?

– Enfin Greg, j'ai vécu avec cet homme pendant 25 ans, il est le père de ma fille. Alors oui, forcément, la perspective de sa mort ne me laisse pas indifférente. Mais ça ne change rien entre nous.

– Si tu le dis... Je vais me coucher répondit Greg visiblement vexé. J'ai eu une rude journée et j'attaque tôt demain.

La jalousie maladive de Greg ne s'arrange pas, pensa Patricia. Elle avait trouvé cela touchant au début de leur relation mais, malgré ses efforts pour tenter de le rassurer, les choses ne s'étaient pas calmées. Elle repensa aux circonstances de leur rencontre. Elle qui travaillait sur une ligne de fabrication d'une usine Bulsom et lui, le grand patron, en visite sur un de ses sites de production. Elle avait tout de suite perçu l'effet qu'elle produisait chez lui. Greg avait entrepris de lui faire la cour mais bien que la distance se fût déjà creusée entre elle et Paul, elle n'avait pas répondu à ses avances. Et puis il y avait eu la nouvelle du cancer de Paul ; la maladie, son adhésion à LIVOVI pour pouvoir payer, le traitement, la convalescence. Elle avait fait du mieux qu'elle pouvait pour l'accompagner dans ces épreuves mais il s'était littéralement fermé à elle. Par fierté sans doute, il n'avait pas su lui ménager une place dans sa souffrance tant physique que psychique. Lorsqu'enfin Paul avait recouvré la santé, la distance qui les séparait semblait infranchissable. Patricia s'en était attristée. Heureusement lorsqu'il s'agissait de leur fille, Paul restait le papa aimant et attentionné qu'il avait toujours été. De son côté, Greg persistait et ne ménageait pas ses efforts pour la séduire, il lui sortait le grand jeu. Les dîners dans des cadres idylliques, les robes de soirée et les bijoux de créateurs qu'il lui offrait égayaient son quotidien. À force de persévérance, il avait fini par faire tomber ses réticences. Ce bonheur était accessible, ne pouvait-elle pas légitimement y prétendre ? Et puis la fortune de Greg assurait un avenir à l'abri de la nécessité pour Lisa. Elle avait cédé aux avances de son riche patron. À cette époque, l'histoire avait tout d'un conte de fée.

Patricia franchit le seuil de la salle de bain et entra dans la chambre. Greg flottait dans son caisson dont la paroi de verre ne parvenait pas tout à fait à étouffer ses ronflements. Au moins il dort comme un bébé se dit-elle en se glissant sous sa couette.

***

Biiiip – Biiip – Biiip – Biiip – « *Bonjour Paul il est 7 heures, nous sommes le 24 mars 2058. J'espère que vous avez passé une agréable soirée à l'opéra et je vous souhaite de bien profiter de votre dernière journée avant votre retrait qui aura lieu demain à la salle…* » « Ta gueule foutue machine ! » « *En vertu du code de respect de l'électronique domestique, vous allez être condamné à une amende si vous ne vous excusez pas.* » Paul, les yeux encore endormis, se redressa sur son banc-couchette « Colle-moi une amende si ça te chante, tant que tu la boucles… » « *Vous avez commis une infraction, le montant de votre amende s'affiche sur votre terminal. La porte du studio restera verrouillée tant que vous n'aurez pas réglé votre amende en apposant votre carte unique sur le terminal. Bonne journée Paul.* » Le plus insupportable est qu'elle reste polie pensa Paul. Il regarda le montant affiché sur le terminal. Pas cher payé pour le soulagement que ça procure se dit-il, si j'avais su, j'aurais commencé plus tôt. Spontanément il palpa le haut de sa cuisse et sentit le mouchard sous ses doigts. Il regarda, posé sur la table, l'étui dans lequel se trouvait l'oreillette. Nous y sommes, dans un peu plus de 24 heures aura lieu ma cérémonie de retrait, il va falloir jouer serré pensa Paul.

8

Assise sur un banc au milieu d'un parc arboré, elle écoute le chant des oiseaux. Elle a les yeux tendres, rieurs et chaleureux de sa mère et les cheveux bouclés de son père. Vingt-trois ans à peine, elle est d'une beauté prodigieuse mais dans son regard passe des éclairs de tristesse.

Tout à coup ses yeux s'embuent de larmes puis un léger sourire s'affiche sur ses lèvres alors que lui revient un souvenir de sa petite enfance.

Ils sont en famille dans la cuisine, c'est la fin du dîner. Elle saute de sa chaise et court éteindre toutes les lumières. Dans l'obscurité elle pousse un hurlement de loup, elle est rapidement imitée par ses parents. Alors son père gronde et fait mine de se saisir d'elle pour la dévorer. Lisa appelle sa maman au secours, toutes deux s'attaquent au dangereux prédateur et lui sautent dessus. Dans un grand éclat de rire, ils finissent tous les trois à terre. Une fois l'excitation du jeu retombée, Lisa fait un long câlin à ses parents. Il y avait tant d'amour dans cette famille se dit-elle.

Elle attend son père, c'est elle qui a eu l'idée de se retrouver au parc. L'endroit est magique, toute cette verdure, cette explosion de nature. Lisa regarde le ciel d'azur, c'est tout juste si l'on distingue les arêtes des dalles d'écrans qui composent le dôme sur lequel l'image est projetée. Toute la machinerie qui contrôle l'atmosphère est située à l'extérieur.

Elle voit Paul arriver en marchant, il est en retard comme d'habitude.

– Bonjour ma princesse, dit Paul en embrassant sa fille.

– Papa tu ne crois pas que j'ai passé l'âge que tu m'appelles princesse ?

– Tu as peut-être raison ma chérie mais, quoiqu'il arrive, tu seras toujours ma princesse. Désolé je suis en retard, le protocole de désinfection a duré une éternité.

– Papa, tu sais bien que c'est toujours le cas pour pouvoir entrer dans une réserve de biodiversité, si tu étais parti à l'heure tu serais arrivé à l'heure.

– C'est possible, admit Paul.

Il regarda autour de lui, Lisa avait bien choisi, cet endroit était remarquable. En plein cœur de la ville, retrouver l'aspect luxuriant de la nature du début du siècle. Tous ces bruits d'animaux, ça lui rappelait les séjours qu'il faisait à la campagne lorsqu'il n'était encore qu'un petit enfant. C'est à ce moment que les choses ont basculé pensa-t-il. Il était né en 2004, la conscience écologique balbutiait alors que l'Homme exerçait déjà une pression insoutenable sur l'écosystème planétaire. Quelques années plus tard, Barnosky et ses collaborateurs avaient publié dans la revue scientifique Nature, un article sur la probable imminence d'un changement radical de notre écosystème pouvant s'accompagner d'une extinction de millions d'espèces. L'article était passé presque inaperçu et les conditions de la réalisation de cette sombre prédiction s'étaient encore accentuées. Dans un ultime sursaut de clairvoyance des espaces tels que cette réserve avaient été créés dans le but de préserver des espèces de l'extinction.

L'éveil de la conscience à un savoir nouveau est déjà un chemin laborieux, mais une fois cet objectif atteint, le plus difficile reste à faire. Le cheminement qui mène de la conscience d'un phénomène à une véritable remise en question et, par-delà, au changement des modes de vie. Quel que soit notre niveau de connaissance, nous devons nous en remettre à notre bon vieil instinct de survie pour agir pensa Paul. Ce n'est que lorsque notre vie est directement en jeu que nous sommes prêts à regarder la menace avec lucidité ; il était bien placé pour le savoir.

Paul recentra son attention sur sa fille. « On marche un peu ? » lui proposa-t-il.

Tout en se promenant dans la réserve, ils évoquent divers sujets. Paul s'enquiert des études de droit de Lisa, de ses révisions pour les partiels de fin d'année. Lisa, la tête ailleurs, répond de mauvaise grâce que tout va bien de ce côté. Il lui demande des nouvelles de Patricia, va même jusqu'à l'interroger sur la santé de Greg qu'il n'apprécie pourtant pas particulièrement. « Il s'est fait poser un nouveau foie il y a deux mois, il peut à nouveau boire de l'alcool. Il est très content. » Paul ne sait plus trop quoi dire, ils marchent en silence quelques temps. Soudain, n'y tenant plus, Lisa explose : « On va continuer encore longtemps à faire comme si de rien n'était ? » Elle s'est arrêtée, elle le fixe de ses grands yeux marrons. « À prétendre que demain est un jour comme les autres et que la vie suit son cours… » À présent ses yeux brillent, elle réprime un sanglot. « Hein, dis-moi ! On va continuer encore longtemps à faire comme si cette société qui assassine les plus faibles n'était pas pourrie ! » Elle fond en larmes et détourne le regard. « Ma fille chérie… » tente Paul mais elle ne se retourne pas. « Lisa, écoute-moi ! » lui dit-il en la prenant par les épaules. « J'ai choisi d'intégrer LIVOVI pour avoir la chance de vivre quelques années de plus auprès de toi. Même si le prix à payer est injuste, je ne le regrette pas. » Lisa prend son père dans ses bras.

– Papa je ne peux pas te perdre, je suis trop jeune, je n'y arriverai pas sans toi.

– Ma Lisa, ne t'en fais pas pour moi. J'ai bien vécu, j'ai aimé la vie. C'est cet amour de la vie que je veux te transmettre. Ne va pas gâcher ton existence dans l'amertume et la haine. La vie est trop précieuse ma chérie. Tu as tant de choses à découvrir, tant de choses à faire.

– Je ne sais pas, c'est facile pour toi de me dire ça. Tu as vécu essentiellement à une époque où cette cochonnerie de LIVOVI n'existait pas. C'est la vieillesse et la maladie qui ont emporté tes parents et bien que ce fût douloureux pour toi, tu étais en mesure de l'accepter car c'était dans l'ordre des choses.

– Tu l'as dit toi-même Lisa, c'était une autre époque. Aujourd'hui les progrès technologiques spectaculaires de la médecine peuvent faire de n'importe qui un plus que centenaire, sauf que ce n'est pas soutenable sur le plan économique. L'accès aux soins excellents est réservé aux plus riches, pour les autres, LIVOVI est un moyen de payer. Je ne suis pas en train de te dire que j'accepte mon sort sans difficulté, je veux juste que tu comprennes que pour moi, cela en valait la peine. Quand je vois comme tu as mûri ces dernières années, la belle jeune femme pleine de détermination que tu es devenue, je me sens plus fort pour affronter mon retrait.

– Je t'aime papa.

– Je t'aime aussi.

Ils laissent passer un long moment, enserrés dans les bras l'un de l'autre. « Laisse-moi te raccompagner chez toi » dit Paul.

Le chemin jusqu'à la maison de Greg se fait dans le silence. Lorsqu'ils arrivent devant le portail, Paul détaille Lisa : « Regarde-toi, tu es magnifique ! »

– Papa, je n'aurai pas la force de me rendre à ta cérémonie. C'est trop dur.

– J'aurai besoin de toi Lisa, je sais que ce n'est pas facile mais promets-moi que tu viendras.

Lisa ne répond pas et regarde vers la maison comme si elle cherchait une échappatoire.

– Lisa, il faut que tu me le promettes, reprit Paul.

– D'accord finit par dire Lisa

– D'accord quoi ?

– D'accord, je te le promets.

– Tu veux bien faire encore une chose pour ton vieux père ?

– Quoi ?

– Habille-toi comme aujourd'hui, tu es vraiment superbe.

– OK papa, c'est promis.

Paul sort les mains de ses poches et prend sa fille dans ses bras, il la serre à l'étouffer. « Au revoir ma princesse. À demain. » Les yeux rouges et humides il se tourne et remonte l'allée par laquelle ils sont arrivés.

Au bout de quelques pas, il met sa capuche sur sa tête. Lisa le regarde disparaître au bout de l'allée, elle n'a rien senti lorsqu'il a collé le mouchard dans la poche de sa blouse.

9

– Capitaine !

– Oui Holzer, qu'y a-t-il ?

– Vous m'avez demandé de vous prévenir si le prescrit 482-C faisait un déplacement inhabituel.

– Je vous écoute.

– Si vous voulez bien me suivre en salle des opérations ?

Trinh suivi Holzer. Lorsqu'ils arrivèrent dans la salle des opérations, Holzer le conduisit jusqu'au bureau d'un analyste. « Willy, je te présente le capitaine Trinh. » Le dénommé Willy, un jeune avec des lunettes et une barbe de 3 jours improvisa une vague tentative de salut militaire. Trinh avait beaucoup de difficultés avec ces recrutements issus de la société civile, mais les meilleurs profils en informatique ne se trouvaient pas dans les rangs de l'armée, aussi était-il contraint de faire avec. Il ne répondit pas au salut, se contentant de fixer Willy avec intensité. Décontenancé, ce dernier regarda Holzer comme une bouée de sauvetage à laquelle il aurait tenté de se raccrocher. « Willy, tu veux bien expliquer au capitaine Trinh ce que tu m'as montré tout à l'heure ? » Bien sûr dit Willy en se retournant vers son poste de travail. « Ce que vous voyez sur cet écran, c'est la localisation du mouchard. Il se trouve actuellement au numéro 73 de la rue Mangrove. J'ai vérifié, il s'agit d'une somptueuse villa appartenant à Greg Palmer, le patron du groupe Bulsom… » Trinh l'interrompit sèchement : « Si vous avez lu le fichier sur le prescrit 482-C, vous devez savoir que l'ex-femme de Paul, Patricia, s'est remariée avec Greg Palmer. Elle et sa fille Lisa vivent dans sa villa. »

– C'est exact reprit Willy, d'ailleurs Paul a vu sa fille aujourd'hui même. Il l'a probablement raccompagné chez elle.

– Donc… Pourquoi m'avez-vous dérangé ? interrogea Trinh.

– Cela fait maintenant 3 heures qu'il n'a pas bougé de chez eux, intervint Holzer.

– Passer sa dernière soirée entouré de ses proches n'est pas en soi inhabituel pour un prescrit dit Trinh. Maintenant, je connais Greg Palmer de réputation, je ne pense pas que ce soit le genre de type à accueillir l'ex de sa femme les bras ouverts. On a un visuel pour confirmer la présence de Paul ?

– Il s'agit d'une résidence de type C capitaine.

– Et…

Sous le regard inquisiteur de Trinh, Willy semblait mal à l'aise. Holzer intervint à nouveau : « Ils payent la taxe pour la vie privée, nous n'avons accès à aucune caméra ni aucun micro, que ce soit dans la résidence ou aux alentours. Tout le système de sécurité est privatif et inviolable, même pour nous. »

– Montrez-moi les dernières images de vidéosurveillance pour lesquelles nous avons une reconnaissance faciale de Paul demanda Trinh.

– Nous avons déjà interrogé la base de données, répondit Willy. La reconnaissance faciale l'a identifié sur deux enregistrements du réseau public de vidéo-surveillance. Dans le premier on le voit en train de se promener avec sa fille dans le parc de la réserve de biodiversité.

Du doigt, Willy montra un deuxième écran sur lequel s'affichait la vidéo.

– L'enregistrement date de cet après-midi à 15 h 34 précisa Holzer.

– Le deuxième enregistrement a été pris à 16 h 50. On y voit Paul, toujours en compagnie de sa fille, qui marche le long de l'avenue n°10. Ils sont à peu près à mi-chemin entre la réserve et la villa de Greg Palmer.

– Rien après 16 h 50 ? demanda Trinh.

D'un mouvement de la tête, Holzer et Willy firent signe que non. Trinh resta pensif un instant puis reprit :

– Est-ce que, à ces mêmes horaires, la géo-localisation du mouchard correspond à l'emplacement des caméras ?

– Oui, dit Willy.

– À quoi pensez-vous ? demanda Holzer.

– Je ne sais pas encore, ce n'est qu'une intuition. Bon boulot, dit Trinh qui repartait déjà vers son bureau.

Juste avant de sortir de la salle des opérations il se retourna vers Holzer : « Lieutenant, envoyez une équipe de surveillance à la villa de Palmer et une autre au domicile de Paul. »

***

Sa capuche sur la tête, Paul était resté dans le

voisinage en attendant que la nuit tombe. Il savait qu'il avait moins de chance d'être arrêté par une patrouille ou filmé par une caméra de vidéosurveillance dans ce quartier hyper privilégié.

Ça y est, je suis un fugitif, pensa-t-il. Il se demanda où il pourrait passer la nuit. Retourner chez lui était exclu, les capteurs de son studio l'identifieraient instantanément. Le même problème était susceptible de se présenter avec un hôtel, la plupart étaient équipés de la reconnaissance faciale, même les plus sordides.

Il pensa un moment à trouver un endroit pour passer la nuit dehors mais le risque d'être signalé l'en dissuada.

Pourquoi ne pas tenter d'aller chez Eddy se dit-il. Il effectua à pied et dans la ville basse le trajet jusqu'à l'immeuble dans lequel vivait son ami. Il essaya autant que possible d'éviter les caméras, elles étaient heureusement moins nombreuses dans la ville basse. Avec sa capuche la reconnaissance faciale ne pourrait pas fonctionner, mais si son signalement était repéré sur plusieurs images, le poste de police le plus proche risquait d'envoyer une patrouille pour un contrôle d'identité.

Ces rues sombres à l'abri du regard inquisiteur du gouvernement central étaient aussi celles ou les trafics en tout genre prospéraient. Paul croisa des individus à l'apparence sinistre ainsi que plusieurs junkies qui dormaient à même le trottoir. Ils marmonnaient dans leur sommeil des propos incohérents, Paul les regarda avec compassion, ce sont sans doute des prescrits comme moi se dit-il.

Après de nombreux détours, il arriva enfin à proximité de l'immeuble d'Eddy. Il attendit qu'une voisine entre dans l'immeuble pour se glisser à l'intérieur avant que le sas d'entrée ne se referme. Arrivé devant le studio de son ami, il frappa du poing sur la porte.

Lorsque Eddy lui ouvrit, Paul, d'un doigt posé sur les lèvres, lui indiqua de garder le silence. Puis, il lui montra son visiophone sur lequel il avait écrit la phrase : « As-tu une pièce sans micro ? ». Eddy l'invita à le suivre et l'emmena dans la salle de bain.

***

La sonnerie du visiophone tira Trinh de ses pensées, c'était un appel de Holzer.

– Qu'y a-t-il Holzer ?

– C'est au sujet de votre demande pour une équipe de surveillance à la résidence de Greg Palmer.

– Je vous écoute.

– La demande a été bloquée, ordre du commandant.

– Je m'en occupe dit Trinh.

Il raccrocha et sans attendre appela le commandant Barton, un homme qu'il méprisait. Tout lui déplaisait chez Barton : le fait qu'il ne travaille plus sur le terrain, son obséquiosité marquée à l'égard de la hiérarchie, ses manœuvres politiques incessantes. Même son physique lui répugnait. Barton avait un visage de poupon adipeux avec, planté au milieu, deux petits yeux noirs de fouine. Il n'en restait pas moins son supérieur.

– Bonsoir Trinh, comment allez-vous ?

– Pourquoi avez-vous bloqué ma demande pour une équipe de surveillance ?

– Je reconnais bien là votre style direct capitaine. Pouvez-vous m'expliquer ce qui justifie à vos yeux la mise en place d'une telle surveillance ?

– Depuis quand ai-je à justifier une demande aussi ordinaire ?

– Depuis que votre supérieur hiérarchique vous en fait la demande ! répondit sèchement Barton.

– Il s'agit d'une simple vérification, j'ai un doute au sujet de la présence d'un prescrit chez Palmer.

– Ecoutez-moi bien Trinh ; la tranquillité de Greg Palmer ne saurait être mise à mal parce que vous avez une vague intuition au sujet d'un prescrit. Me suis-je bien fait comprendre ?

– Parfaitement Monsieur.

– Bien. Alors il ne me reste plus qu'à vous souhaiter une bonne soirée capitaine.

Trinh raccrocha, Palmer était donc si influent que cet imbécile de Barton craignait de faire quoi que ce soit qui puisse lui déplaire. C'était rageant. Il me reste le mouchard et l'équipe en planque au domicile de Paul songea-t-il.

***

Lorsqu'ils furent arrivés dans la salle de bain, Paul observa Eddy, il lui trouva un air changé. Ses yeux étaient moins rouges, son expression plus alerte. Il est tout simplement sobre réalisa Paul. Il mesura ce que son apparence habituelle devait à sa sinistre addiction. Son visage ridé était empreint d'une profonde humanité, une chaleur qui réconforta Paul.

« Que se passe-t-il Paul ? Qu'est-ce que tu fais ici, à la veille de ta cérémonie de retrait ? Ne devrais-tu pas plutôt être avec ta fille ? » Paul regarda Eddy dans les yeux et réfléchit à ce qu'il pourrait lui dire.

Il opta pour la vérité. Après tout, Eddy était prescrit comme lui. Il lui raconta son histoire : comment Eliah était entrée en contact avec lui, sa réaction initiale qui avait été de la méfiance. Puis, alors que se profilait la date de son retrait, cette chose incroyable qui s'était produite. Il avait perçu une ouverture dans le voile sombre qui le séparait de la vie depuis qu'il était prescrit. L'espoir, la possibilité d'un futur au-delà de cette date butoir qu'on lui avait assigné. Il s'y était accroché comme un fou. L'espoir, sans doute une des plus grandes forces parmi celles qui gouvernent la vie des hommes. Alors il avait franchi le pas, il avait fait ce qui auparavant lui aurait paru impensable ; devenir un fugitif pour tenter d'échapper à la mort. Lorsque Paul eut fini son récit, Eddy resta coi, le temps d'assimiler la portée de ce que son ami venait de lui révéler. Ainsi, il existait un réseau qui tentait de venir en aide aux prescrits. Peut-être même que certains prescrits avaient déjà été sauvés. « C'est pas croyable. » fini-t-il par dire.

– Qu'est-ce que je peux faire pour t'aider ? s'empressa d'ajouter Eddy.

– J'aurai de nouvelles instructions de mon contact demain, si tu peux simplement m'héberger pour la nuit…

– Bien sûr Paul, sans problème.

Après un instant Paul ajouta : « Evidemment, tout ce que je viens de te dire doit rester entre nous. » « Tu peux compter sur moi » répondit Eddy.

– Paul ?

– Oui ?

– Comment en est-on arrivé là d'après toi ?

– Ça dépend, qu'est-ce que tu entends par en arriver là ?

– Je veux dire, comment en est-on arrivé à cette société, à LIVOVI, et à ce que nous devenions des prescrits ?

Paul ne répondit pas tout de suite, il regarda autour de lui. La salle de bain d'Eddy était en tout point similaire à la sienne ; sobre, fonctionnelle et bigrement exiguë. C'est amusant pensa-t-il, que l'on en soit rendu à aller dans une salle de bain pour avoir une vraie conversation.

– Je ne sais pas Eddy, je me suis souvent posé cette question. Je pense que c'est le résultat d'une dérive ancienne.

Il s'assit sur le rebord de la baignoire avant de continuer son explication.

– Il y a bien longtemps que le progrès n'est plus pensé à l'échelle de l'humanité ou de la société mais à celle de l'individu. Le progrès est essentiellement devenu un avantage individuel que l'on peut acquérir avec de l'argent. À partir du moment où cette notion s'est étendue au progrès thérapeutique, cela signifiait en quelque sorte qu'avec de l'argent on pouvait acheter de la durée de vie supplémentaire.

Paul recentra son attention sur Eddy qui l'écoutait attentivement, il poursuivi :

– Maintenant pose-toi la question suivante : si on peut acheter de la durée de vie, pourquoi ne pas en vendre ? C'est le principe de LIVOVI qui a permis de convertir des années d'espérance de vie en un capital versé à celui qui y renonce. LIVOVI a fait de la durée de vie une denrée économique, on peut en acheter ou en vendre selon ses besoins.

– Je n'avais jamais vu les choses sous cet angle dit Eddy après un temps de réflexion.

– C'est cynique. C'est l'inégalité ultime dans une société qui était déjà profondément inégalitaire, s'enflamma Paul. Je pense qu'à terme, LIVOVI permettra aux plus fortunés de se soustraire au dernier effort de solidarité qui leur était demandé : les cotisations pour les systèmes de santé et de retraite vont baisser. Les élites politiques et économiques ont dû juger que la solidarité allait leur coûter trop cher, elles ont donc créé LIVOVI, un outil permettant la préservation de leurs intérêts.

– Tu sais bien que je suis d'accord avec toi Paul, mais qu'est-ce que l'on peut faire ? On a signé le contrat de notre plein gré. Les termes étaient clairs et on les a acceptés. Il n'y a pas un seul jour qui passe sans que je me dise que je n'aurai pas dû entrer dans ce marché de dupe mais le fait est que j'y suis.

– C'est toute la perversité de ce programme qui s'adresse en priorité aux personnes déjà fragilisées, ceux dont la survie même est menacée et qui n'ont pas d'autres choix que d'adhérer pour percevoir l'aide financière. Nous n'avons ni l'influence, ni les moyens pour lutter contre le système.

Paul s'interrompit quelques instants, pensif, avant de reprendre :

– Qui plus est, en amputant notre durée de vie, le gouvernement nous laisse entendre qu'au regard de la société notre valeur est moindre. On nous refuse la possibilité de vivre notre vie jusqu'au bout. Quelque part, cela revient à dire que nous ne le méritons pas. C'est en tout cas ce que veut faire croire le gouvernement central.

– C'est exactement ce que je ressens. Depuis que je suis prescrit, j'ai l'impression d'être dégradé, inutile, encombrant. On a l'impression d'être un poids pour la société et on en vient à considérer que notre retrait est légitime.

Après une courte pause, Eddy reprit : « au fait tu avais raison au sujet du D-hope, j'ai un ami dont l'une des connaissances, prescrit, est tombée dedans. Cette saloperie est hautement addictive, la pauvre fille n'est plus que l'ombre d'elle-même. Elle vient de se faire mettre à la porte par son proprio et à l'heure qu'il est, elle erre dans la rue, probablement à la recherche de la prochaine dose… »

Au moment d'aller se coucher Eddy regarda son ami : « Paul, si tu penses à la moindre chose que je puisse faire pour t'aider à échapper à ces salauds, n'hésite surtout pas. »

10

L'édifice était constitué d'une base cylindrique surmontée d'un haut dôme dans le plus pur style néo-classique. Des personnes qui n'avaient pas encore pu entrer dans la salle de cérémonie étaient massées sur l'escalier en faux marbre devant l'entrée. À l'intérieur, quelques visages connus. Des anciens collègues de travail, des amis du temps où il en fréquentait encore, des connaissances et, se démarquant du lot, les officiels dans leur costumes impeccables. Tous ont pris leur cachet de drogues, condition obligatoire pour se voir autoriser l'accès.

Les choses avaient mal tourné. À l'heure dite, Paul avait essayé d'activer l'oreillette qui était restée désespérément silencieuse. Ne sachant plus que faire, il avait tenté de fuir tout seul. À deux blocs de l'immeuble d'Eddy, sans même qu'il ne s'en aperçoive, la reconnaissance faciale l'avait identifié sur une caméra du réseau de vidéosurveillance. Trinh avait dépêché deux hommes de la division spéciale sur place pour le cueillir. Après son arrestation, on lui avait fait avaler de force les drogues. Leurs effets commençaient à se faire sentir alors qu'impuissant, Paul assistait à sa cérémonie de retrait.

Soudain au milieu de la foule, il reconnaît Patricia. La femme qu'il a tant aimée. Bien que de petites rides se soient formées à l'extrémité de ses yeux et aux commissures de ses lèvres, sa beauté est restée telle que dans son souvenir. Un harmonieux mélange de douceur et de générosité. Alors il se repose cette question qui parfois le taraude : les choses auraient-elles pu tourner différemment s'il n'avait été malade et, par voie de conséquence, prescrit ? Bien qu'il sache pertinemment que leur couple était déjà mal en point avant que la maladie ne le frappe, n'y avait-il pas eu dans sa démarche, sur un plan inconscient du moins, la volonté de ne pas être un fardeau pour sa femme et sa fille ?

Lisa est présente aussi, elle se tient au bras de sa mère. Il veut pleurer, hurler sa douleur, mais un sourire béat lui reste cloué au visage. L'effet de ces foutues drogues. Lisa, elle, ne sourit pas. Une larme se forme au coin de son œil, elle a dû réussir à ne pas avaler le comprimé, à le cacher sous sa langue.

Les cérémonies de retrait se déroulent classiquement en deux parties. Lors de la première, l'alcool coule à flots et le disc-jockey se déchaîne aux platines pendant que les drogues contenues dans les cachets avalés par les convives diffusent dans leur circulation sanguine. Officiellement le but de cette première partie est de permettre au prescrit de partager un dernier moment avec ses proches dans une atmosphère festive. Officieusement cette première partie dure juste le temps nécessaire pour que le cocktail drogues et alcool abrutisse suffisamment les invités pour ce qui va suivre.

Trinh et ses hommes observent la salle, ils sont ici pour intervenir en cas de débordement, ils guettent le moment où la foule sera anesthésiée. Sur un signe du maître de cérémonie, un officiel du ministère, Trinh enjoint à ses hommes d'aller chercher Paul pour l'emmener sur l'autel.

Paul sent des bras vigoureux le saisir sous les aisselles, il se laisse porter, passif. La manœuvre se fait dans le calme. C'est tout juste si elle déclenche l'hilarité de certains convives ayant forcé sur l'alcool. Enfouie dans les brumes cotonneuses de son cerveau, une petite part de sa conscience perçoit l'imminence de sa mort mais Paul est déjà trop loin dans son trip pour s'en préoccuper. Il est installé sur la plateforme de l'autel, des liens discrets l'attachent à une structure translucide qui le maintien dans une pose christique : bras écartés, paumes vers le ciel et regard légèrement au-dessus de la foule.

La musique cesse, la deuxième partie de la cérémonie de retrait peut commencer. Le maître de cérémonie fait un discours vantant le volontariat de Paul pour adhérer à LIVOVI, l'effort consenti par la société pour le soigner de son terrible cancer et la juste contrepartie demandée à Paul, qu'il s'apprête à honorer.

Après quoi vient le tour du père Roy venu ici débiter sa salade néo-chrétienne : « Vous tous ici présents, la famille, les amis, les collègues de Paul. Vous qui l'avez accompagné durant toutes ces années, je veux vous dire ceci : nous sommes réunis dans cette magnifique salle de cérémonie non pour lui dire adieu mais pour célébrer ensemble son avènement à la supra-vie. Moi qui ai accompagné Paul dans sa préparation au cours des dernières années je puis vous le dire, il est prêt à renaître. Renaître plus grand, plus fort. Renaître plus près du Seigneur… ». Quel sale hypocrite parvint à penser Paul son sourire béat toujours cloué aux lèvres.

Lorsque la liturgie touche à sa fin, Roy récite la prière finale : « Seigneur, que ton nom soit sanctifié, que ta volonté soit faite, accueille notre frère Paul. Par ta main toute puissante guide-le vers la supra-vie. » À ce moment, la plateforme et la structure à laquelle est attaché Paul s'élèvent dans les airs. Des applaudissements se font entendre dans la foule, la plateforme coulisse le long d'un pilier de béton qui s'allonge jusqu'au sommet du dôme. Une idée du père Roy dont il n'est pas peu fier. Au milieu de son ascension Paul entend un hurlement strident et douloureux, celui de Lisa, seule personne lucide et sensible à la cruauté de la scène qu'on joue aux invités. Elle est rapidement bâillonnée de la main par un homme de Trinh avant que son hurlement ne devienne contagieux auprès d'un public embarqué dans un trip psychédélique.

A l'approche du sommet du dôme, Paul remarque que celui-ci est percé d'un orifice circulaire dont la dimension correspond à celle de la plateforme. Alors qu'il pénètre dans une nouvelle salle beaucoup plus petite, le dessous de la plateforme vient sceller le plafond du dôme cloisonnant ainsi la vaste salle de cérémonie. La fin du rituel ne concerne pas le public. Usant de ses perceptions émoussées, Paul tente de détailler ce nouvel environnement. Le faste de la grande salle s'est effacé pour laisser place à quelques machines où des techniciens s'affairent. On lui pose des capteurs, ses rythmes vitaux s'affichent sur un moniteur qu'observe un médecin, sans doute venu pour constater le décès. Paul ne sait pas ce qu'il advient du corps après une cérémonie de retrait.

Conformément au culte néo-chrétien, le corps doit disparaître aux yeux de la famille et des proches. Une dépouille serait un élément encombrant susceptible de mettre à mal la thèse de la supra-vie. Le gouvernement central doit s'en débarrasser d'une manière ou d'une autre songe Paul.

Les techniciens l'installent à présent sur un fauteuil métallique. Ils sanglent chacun de ses membres, son torse et sa tête qui se trouve maintenant solidement maintenue contre une plaque perforée. Lorsque tout est prêt, Paul sent la pointe glaciale du pieu d'acier à l'arrière de son crâne. Trinh est présent ainsi que 5 membres de la division spéciale. Tous les 5 se tiennent prêts à appuyer sur un bouton dès que le signal leur en sera donné mais un seul de ces boutons enverra l'impulsion électrique qui actionnera le pieu. Ce sera rapide, le pieu transpercera ma boîte crânienne, puis mon cerveau et je serai mort pensa Paul.

Les 5 hommes regardent Trinh, celui-ci se tourne vers les techniciens puis vers le médecin qui lui font signe que tout est prêt. Il regarde Paul, ce n'est pas le regard perçant et intimidant qu'il arbore habituellement. À cet instant précis, toute dureté a déserté son visage. Il détourne ses yeux, serre le poing gauche, lève sa main droite et la maintien suspendue en l'air. Le temps est comme figé. Au moment où Trinh s'apprête à baisser la main, Paul hurle de tous ses poumons : « JE VEUX VIVRE !!! ».

Plus rien, il ouvre les yeux dans le noir complet. Eddy, alerté par son cri, accoure auprès de lui et le prend par les épaules : « Paul tu m'entends ! Réveille-toi, ce n'est qu'un cauchemar. » Paul reprend petit à petit ses esprits, il regarde autour de lui et aperçoit le terminal de l'Intelligence Artificielle du studio d'Eddy sur lequel il lit la date : 25 mars 2058, 6 heures du matin. À quinze heures précises démarrera sa cérémonie de retrait.

11

Arrivé tôt à son bureau, Trinh lut rapidement le rapport des équipes de nuit. Les deux hommes qu'il avait postés en planque au domicile de Paul ne l'avaient pas vu, le mouchard était toujours localisé à la résidence de Greg Palmer. Il envoya un bref message à Holzer : « *Prescrit 482-C : prévenez-moi dès qu'il y a du mouvement. Merci, T.* »

***

Patricia avait mal dormi, il y avait maintenant plus de 8 ans qu'elle était séparée de Paul aussi elle ne s'attendait pas à être aussi affectée. Mais tous ces derniers jours lui étaient remontés des souvenirs, des images de leur bonheur passé. Elle avait aimé cet homme plus que tout au monde. Elle descendit à la cuisine pour préparer le petit déjeuner de Lisa. Elle la trouva accoudée au plan de travail. « Bonjour ma chérie » lui dit-elle. Lisa resta mutique, les yeux dans le vague. « Tu veux manger quelque chose ? ». « Je n'ai pas faim » répondit Lisa prostrée.

***

– Et maintenant ?

– J'attends répondit Paul.

– Tu ne crois pas que tu devrais commencer à t'enfuir ? interrogea Eddy.

– Pour aller où ? À la minute où je franchirai le seuil de ton immeuble, je risque l'identification par une caméra ou une patrouille. Mon contact m'a dit qu'ils ouvriraient une ligne sécurisée deux heures avant le commencement de ma cérémonie de retrait, ce qui veut dire à 13 heures. Il n'est que 11 heures donc j'attends.

***

Après le fiasco du petit-déjeuner durant lequel Patricia n'avait pas réussi à pénétrer la muraille érigée par sa fille, cette dernière était allée se réfugier dans sa chambre. On ne l'avait pas croisé de la matinée. Patricia, inquiète, était montée s'enquérir de son état. Elle frappa doucement à la porte. « Tu peux entrer » lui répondit Lisa. Elle la trouva face à son armoire en train de se brosser les cheveux. « Tu as remis ta belle blouse ! » remarqua-t-elle. « Oui, papa y tenait. »
Patricia s'approcha de sa fille et la serra longuement dans ses bras.

***

« Paul, c'est normal cette lumière qui clignote ? » du doigt, Eddy désignait l'oreillette posée sur la table. Paul regarda l'heure à l'écran du terminal : 13 heures. Il se saisit de l'oreillette qu'il inséra dans son oreille droite. Son cœur battait à tout rompre alors que d'une pression du doigt il prit la communication :

– Bonjour Paul, fit une voix masculine.

– Vous n'êtes pas Eliah.

– On ne peut rien vous cacher. Je m'appelle Henk, c'est moi qui vais vous guider pour votre extraction.

– Où se trouve Eliah ? dit Paul méfiant.

– Eliah ne s'occupe pas des extractions, si tout se passe bien vous la verrez demain. Vous voulez que je vous détaille mon Curriculum Vitae ou qu'on essaye de sauver votre peau ?

Demain pensa Paul, cela peut exister. Jusqu'à présent il avait été incapable de se projeter dans le temps au-delà de la date de son retrait. Il reprit un peu espoir.

– OK, finit-il par dire, je vous écoute.

– Où êtes-vous actuellement ?

– Chez un ami.

– Que sait-il de votre situation ?

– L'essentiel. Il s'agit d'une personne de confiance.

– Je n'aime pas ça Paul, vous avez pris un risque considérable !

– Il est prescrit tout comme moi, je réponds de lui, trancha Paul.

– J'espère que vous n'aurez pas à le regretter. Avez-vous votre mouchard avec vous ?

– À l'heure qu'il est, je pense que mon mouchard ne devrait pas tarder à prendre la route pour rejoindre la salle de cérémonie.

– Expliquez-moi ça ? fit Henk perplexe.

– Je l'ai glissé hier dans un vêtement de ma fille sans qu'elle ne s'en aperçoive. Je lui ai fait promettre de remettre ses vêtements pour se rendre à ma cérémonie.

Paul entendit un sifflement appréciatif à l'autre bout de la ligne.

– C'est culotté ! Mais ça peut marcher. Ça devrait nous faciliter la tâche. OK Paul, mettons-nous en route si vous le voulez bien. Avant que vous ne sortiez, avez-vous une casquette, un chapeau, tout élément susceptible de compliquer la tâche de la reconnaissance faciale ?

– J'ai une capuche, répondit Paul.

– Très bien. Mettez-la sur votre tête. J'ai accès au réseau de vidéosurveillance ainsi qu'aux fréquences radio de la police, je vous préviendrai si ça se corse. Pouvez-vous me donner l'adresse exacte à laquelle vous vous trouvez ?

Paul s'exécuta. Lorsque Henk fut prêt à le guider il lui demanda un instant et se tourna vers Eddy. Ce dernier le regarda les yeux brillants. « Tu peux le faire Paul, je sens que tu peux le faire et ça me ferait rudement plaisir. » Il lui donna une longue accolade et le laissa partir.

***

Avant de quitter la villa, Patricia donna quelques instructions à l'androbot puis elle alla au garage avec Lisa. Elles montèrent toutes les deux dans la luxueuse voiture de Greg et se mirent en route.

***

« Capitaine ? » Trinh releva les yeux de son écran et vit Holzer dans l'encadrement de la porte de son bureau. D'un signe de tête il l'invita à poursuivre. « Ça bouge » dit Holzer. « Je vous suis, allons en salle des opérations. » répondit Trinh.

Willy avait déjà affiché la localisation du mouchard sur le grand écran. Toutes les parties vitrées de la salle étaient occultées par des stores. L'heure était affichée en chiffres rouges lumineux au-dessus de l'écran : 13 h 34. « Allez-y je vous écoute. » fit Trinh à l'adresse de

Willy sans plus de formalités.

– Ils sont partis il y a deux minutes, vu la vitesse de déplacement du mouchard je dirai qu'ils sont en voiture.

– Quelle direction ?

– Sud-Est. Pour le moment l'itinéraire est compatible avec une destination à la salle de cérémonie.

– OK. Holzer, on met une équipe en filature, qu'ils restent à distance et ne se fassent pas repérer.

– Compris capitaine.

– Et pas un mot de tout ça à Barton, j'en prends l'entière responsabilité.

« D'accord » répondit Holzer en échangeant un bref regard d'incompréhension avec Willy.

***

Paul se retrouva dans la rue au pied de l'immeuble. Sa capuche remontée sur la tête il écoutait les instructions que lui transmettait Henk :

– Très bien Paul, maintenant remontez la rue. Au prochain carrefour vous prendrez la rue sur votre droite. Et surtout ne regardez pas en l'air il y a une caméra à ce carrefour.

Paul s'exécuta. Lorsqu'il arriva à proximité du carrefour, il entendit à nouveau la voix de Henk dans son oreillette :

– Ok, je vous vois sur le réseau de vidéosurveillance publique. La reconnaissance faciale ne vous a pas identifié. Une fois que vous aurez tourné, vous devriez voir un grand building à la façade grise plus bas dans la rue.

– Oui je le vois, dit Paul quelques instants plus tard.

– Une fois que vous serez arrivé au pied du building, entrez et montez au 80ème étage, il y a une station de monorail. Vous prendrez la ligne 8, direction Hôtel de ville.

***

– L'équipe en filature confirme qu'il s'agit d'une voiture. On a interrogé le fichier des immatriculations, c'est le véhicule de Greg Palmer.

– Combien de personnes à l'intérieur ? interrogea Trinh

– Impossible à déterminer, ils sont trop éloignés. De plus le véhicule de Palmer est équipé de vitres teintées.

– Leur itinéraire correspond toujours à celui de la salle de cérémonie, dit Trinh en regardant l'écran. À quelle heure sont-ils susceptibles d'arriver ?

Willy entra une requête sur son ordinateur. « Avec les conditions de trafic actuelles, ils devraient arriver à la salle de cérémonie aux environs de 14 h 30. »

Trinh regarda l'heure affichée au-dessus de l'écran : 13 h 58. OK dit-il à l'intention de Willy et Holzer : « On se rend sur place, on devrait arriver 10 minutes avant eux. Que l'équipe en filature ne les perde pas des yeux. Qu'ils nous préviennent immédiatement en cas de changement de direction. »

***

« Vous êtes toujours avec moi Paul ? » Assis recroquevillé au fond de la voiture du monorail dans laquelle il était monté, Paul marmonna dans sa capuche que oui.

– J'ai l'impression que tout le monde me regarde, poursuivit-il.

– Ce n'est rien Paul, je crois que dans votre situation nous aurions tous tendance à devenir un peu parano.

Vous avez la dégaine d'un junkie fatigué, prenez la posture qui va avec et je peux vous assurer qu'on vous laissera tranquille.

– Et en quoi consiste la posture du junkie fatigué exactement ?

– Un peu plus avachi et désinvolte que nous ne l'êtes actuellement mais on est déjà pas mal, dit Henk avec un petit rire.

– Ça vous fait marrer vous ? Vous me voyez ?

– Il y a des caméras dans toutes les rames de monorail. Elles se trouvent au-dessus de chaque porte et aux quatre coins de la voiture. N'essayez surtout pas de les identifier car elles en feraient de même.

– Il y en a encore pour longtemps ? Je ne suis pas sûr de réussir à garder mon calme.

– Vous vous en sortez très bien Paul. Vous descendrez à la station Central, dans 6 arrêts.

***

« Les voilà ! » fit Holzer en pointant la voiture de Palmer en train de se garer. Ils s'étaient installés dans une petite rue en retrait, en face de la salle de cérémonie. Lorsque les portières s'ouvrirent, ils virent Patricia sortir du véhicule suivie de Lisa. « Vous voyez s'il y a quelqu'un à l'arrière ? » demanda Holzer. Trinh resta silencieux, les mâchoires contractées, un signe de grande nervosité chez lui. Patricia fit le tour de la voiture pour prendre sa fille dans ses bras. Elles restèrent un court instant enlacées puis verrouillèrent la voiture et se mirent en marche. « Qu'est-ce que ça veut dire ? » interrogea Willy incrédule. Il était en train de regarder l'écran du dispositif de traçage, perplexe, quand Trinh le lui arracha des mains. En quelques enjambées, Trinh rattrapa Lisa et Patricia. Le dispositif émit plusieurs bips rapprochés signifiant que le mouchard était à proximité.

Sans même prendre la peine de se présenter, Trinh attrapa Lisa par l'épaule et se mit à fouiller les poches de sa blouse. « Comment osez-vous ? » hurla Patricia indignée. Après quelques instants, Trinh sortit le minuscule mouchard d'une des poches. « C'est bien ce que je craignais » fit-il en se retournant vers Holzer et Willy qui l'avaient rejoint. Puis, s'adressant à Lisa : « Quand est-ce que Paul vous a remis ceci ? » Lisa s'apprêtait à répondre au moment où Patricia s'interposa : « Je vous ai posé une question, de quel droit fouillez-vous ma fille ? » Holzer tenta d'apaiser la situation :

– Nous sommes des agents de la division spéciale Madame, nous ne faisons que notre travail, lui dit-il en lui tendant sa carte unique.

– Ça va maman, je peux leur répondre dit Lisa. C'est la première fois que je vois cet objet, je ne sais même pas de quoi il s'agit.

– Quand avez-vous vu Paul pour la dernière fois ? questionna à nouveau Trinh.

– Il m'a raccompagné à la maison hier, je dirai qu'il était aux alentours de 17 h 30.

– Vous a-t-il dit où il allait ?

– Non, je suppose qu'il est rentré chez lui. Pourquoi, il y a un problème ?

– Quelle est la dernière chose que Paul vous ait dite ?

– Il m'a simplement dit : « à demain ». Il ne devrait pas tarder à arriver d'ailleurs.

– Ça ira pour le moment, mais je n'en ai pas fini avec vous mademoiselle. Nous serons amenés à nous reparler.

Trinh fit signe à Willy et Holzer, tous les trois regagnèrent leur véhicule, laissant Lisa et Patricia dans l'incompréhension la plus totale. Lorsqu'il fut certain qu'ils n'étaient plus à portée d'oreille, Trinh tonna : « On a perdu sa trace il y a un peu moins de 24 heures. Chaque minute qui passe rend son arrestation plus incertaine, alors je veux que vous interrogiez toutes les bases de données : vidéosurveillance, fichiers des hôtels, carte unique, opérateurs de visiophonie… Envoyez son signalement aux équipes de la division spéciale et à la police. Et retrouvez-moi ce type ! » Cet imbécile de Barton nous a fait perdre des heures précieuses, se dit-il à part lui.

***

Lorsque le monorail arriva à la station Central, Paul descendit de la rame tête baissée. À cette heure, le grand hall fourmillait de monde. Il était recouvert d'un toit de verre au travers duquel on pouvait apercevoir les cimes des buildings du quartier d'affaires. Me voilà dans le centre névralgique de la ville haute se dit Paul, angoissé. Henk lui demanda de traverser le hall en tentant de se fondre dans la foule.

A peu près à mi-parcours, Paul entendit la voix d'une petite fille qui jouait sur une passerelle au-dessus de lui. Elle lui fit penser à la voix de Lisa quand elle était enfant et, machinalement, Paul redressa la tête pour essayer d'apercevoir la petite fille. Elle était mignonne comme tout. Elle courait en direction de sa maman qui, le bras levé, lui faisait une ligne d'arrivée. Paul baissa les yeux pour reprendre son chemin, c'est à cet instant qu'il croisa le regard froid de l'œil de verre et de silicium. Une caméra, fixée sur la passerelle où courait la petite fille. Pris de panique, il accéléra le pas et s'adressa à Henk via son oreillette. « Je crois qu'on a un problème Henk. » Je vous le confirme fit la voix de Henk, « vous avez été identifié par la reconnaissance faciale. »

12

« Je l'ai ! » hurla Willy. « La reconnaissance faciale l'a identifié dans le grand hall de la station Central. » Montrez-moi l'image, dit Trinh. Willy envoya l'image sur l'écran de l'ordinateur de la voiture. « Pas de doute, c'est bien lui. » fit Trinh. Il se retourna vers Holzer :

– Holzer, à combien de temps se trouve la patrouille la plus proche ?

– Powel et Bogo sont à plus de 10 minutes, répondit Holzer en consultant son terminal. C'est l'équipe de la division spéciale la plus proche. Sinon il y a une patrouille de police à 5 minutes.

– Envoyez les deux équipes. Et vous, dit-il en s'adressant à Willy, affichez-moi les images des autres caméras de la station Central.

***

– Surtout ne paniquez pas dit Henk, c'est la meilleure manière d'attirer l'attention.

– Facile à dire pour vous, vous êtes tranquillement installé sur votre fauteuil face à vos écrans.

– Paul faites-moi confiance, je vais vous sortir de là. Placez-vous sous le pylône à 20 mètres devant vous, vous serez dans l'angle mort des caméras. Laissez-moi une minute pour vous trouver une voie de sortie. Et débarrassez-vous de votre veste, ils ont dû donner votre signalement.

Après une interminable minute durant laquelle Paul ôta sa veste tout en scrutant nerveusement la foule, Henk reprit la communication : « Regardez en face de vous. Sur la droite, à environ 100 mètres il y a une boutique qui vend la presse et des souvenirs, vous la voyez ? » Paul répondit par l'affirmative.

– J'aimerais que vous vous y rendiez. Une fois à l'intérieur, j'aurais besoin que vous achetiez quelques articles.

– Vous n'avez pas mieux comme plan ? Ce n'est pas vraiment le moment de faire des emplettes.

– Paul vous disposez de moins de 10 minutes avant qu'une patrouille ne ratisse le hall à votre recherche alors je vous suggère de faire vite.

***

« Capitaine, la patrouille de police vient tout juste d'arriver à la station » dit Holzer. Trinh s'apprêtait à lui répondre lorsqu'ils entendirent Willy s'exclamer « Qu'est-ce que ça veut dire ? ».

– Qu'y a-t-il ? interrogea Trinh.

– J'ai fait une requête sur le fichier des cartes uniques comme vous me l'aviez demandé et je viens de recevoir une alerte m'indiquant que la carte unique de Paul avait été utilisée dans une boutique du hall de la station Central.

– Mais à quoi il joue ? s'étonna Trinh. Holzer, indiquez l'emplacement de la boutique à la patrouille de police. Qu'ils commencent par là.

***

Je ne sais pas ce que vous avez derrière la tête Henk, mais je ne peux pas dire que je sois rassuré dit Paul en sortant de la boutique. « J'adorerais poursuivre cette conversation Paul, mais vous avez de la compagnie. Deux policiers traversent le hall en direction de la boutique. » Le sentiment de panique reflua en Paul. « D'accord, alors je fais quoi maintenant ? » dit-il, tâchant de maîtriser sa voix du mieux qu'il le pouvait.

– Prenez sur votre droite. À 20 mètres il y a des toilettes publiques. Marchez sans traîner mais ne vous mettez pas à courir, vous vous feriez repérer.

– OK, j'y suis, dit Paul après quelques instants.

– Entrez et planquez-vous, je vous préviendrai quand la voie sera libre.

Assis sur les toilettes, Paul tenta en vain de recouvrer son calme. Il voulait s'enquérir de l'évolution de la situation auprès de Henk mais la cabine adjacente à la sienne était occupée, aussi il s'abstint de parler. Quand l'occupant voisin quitta enfin les toilettes, Paul s'empressa de questionner Henk :

– Où sont-ils ? La voie est libre ?

– Ils ont fouillé la boutique, ils ont dû identifier la transaction effectuée avec votre carte unique. Ils viennent de passer à proximité des toilettes.

– OK.

– Attendez !

– Qu'y-a-t-il ?

– Ils se sont arrêtés. Il y en a un qui désigne les toilettes.

– Bon dieu, c'est pas vrai !

– Ils viennent vers vous Paul, répondit Henk d'une voix blanche.

– C'est foutu Henk, je ne pourrai jamais m'en sortir.

– Ecoutez, une fois qu'ils seront dans les toilettes je n'aurai plus d'image et vous ne pourrez pas me parler. N'abandonnez pas Paul, vous trouverez une solution.

Je suis foutu se redit Paul pour lui-même alors qu'il entendait le pas des deux officiers qui approchaient. Il sursauta en entendant le claquement de la porte de la première cabine. Les officiers étaient en train de les inspecter l'une après l'autre. Encore deux cabines et ils seront à mon niveau songea-t-il. Il avait beau réfléchir, il ne voyait pas comment il pourrait se sortir de cette situation. Un nouveau claquement, les officiers n'étaient plus qu'à une cabine. Paul fut pris d'un haut le cœur. On frappa à la porte de sa cabine : « Monsieur, c'est la police, sortez s'il vous plaît. » Paul ne répondit pas. Au bout de quelques secondes la voix reprit de plus belle : « Monsieur, vous m'entendez ? » Un des officiers entra dans la cabine voisine et entreprit de monter sur les toilettes pour pouvoir observer par-dessus la cloison séparant les deux cabines. Au moment où l'officier allait passer la tête, Paul fut à nouveau pris d'un violent haut le cœur. Il sentit son estomac remonter dans sa gorge et eu à peine le temps de se retourner et de se mettre au-dessus de la cuvette. Il vomit tripes et boyaux.

Dégoûté, l'officier détourna la tête. « Ce n'est qu'un junkie défoncé » dit-il à l'intention de son collègue. « OK, on poursuit nos recherches » lui répondit ce dernier. Lorsque Paul fut certain que les deux officiers étaient sortis, il s'adressa à Henk :

– Vous êtes toujours là Henk ?

– Alors vous on peut dire que vous êtes plein de

ressources ! lui répondit Henk goguenard.

« C'est évident. » dit Paul peu à peu gagné par l'hilarité de son interlocuteur. Il était passé à deux doigts du drame et l'humour de Henk agissait comme une soupape lui permettant d'évacuer un peu de la tension nerveuse accumulée. Lorsqu'il eut repris ses esprits, Henk le guida vers une plateforme de monorail en lui faisant soigneusement éviter les caméras de vidéosurveillance.

***

« Powel et Bogo sont arrivés sur place » informa Holzer. « Le dernier rapport de la patrouille de police ? » questionna Trinh. « Ils n'ont identifié personne correspondant au signalement, ils poursuivent leur recherche. » À nouveau Trinh contracta ses mâchoires puis il reprit : « Dites à la patrouille de passer le hall au peigne fin. Quant à Powel et Bogo, qu'ils surveillent les plateformes. Il ne faut pas qu'il quitte la station sans qu'on l'ait appréhendé. »

***

Paul se trouvait sur la plateforme, appuyé contre un pylône qui le masquait à la vue des autres voyageurs. Lorsqu'il vit le monorail arriver, il se prépara à quitter sa cachette pour monter dans la rame mais la voix de Henk l'en dissuada : « désolé Paul, il faut que vous attendiez le prochain, ce n'est pas encore le bon timing. » Vous jouez avec mes nerfs répondit Paul.

Pour ce qui était peut-être la 10ème fois, il regarda autour de lui. Il ne vit que l'habituel ballet des passagers. Ceux qui descendaient de la rame remplaçaient ceux qui y montaient. Bientôt le monorail quitta la station et seuls quelques passagers demeurèrent sur la plateforme. Le temps s'écoulait lentement, les secondes paraissaient des minutes.

Soudain, du coin de l'œil, Paul perçut du mouvement au bout du quai. Deux hommes descendaient à vive allure l'escalier en provenance du grand hall. Discrètement il s'adressa à Henk :

– Au bout de la voie, deux hommes.

– Oui je les vois, lui répondit Henk. Ils sont en train d'inspecter la plateforme.

– Ils sont en civil. Ils appartiennent à la division spéciale ?

– C'est probable, admis Henk.

– Je crois que j'aurais préféré les policiers en fin de compte.

– Le prochain monorail arrive dans 15 secondes, restez où vous êtes.

Inexorablement les hommes progressaient le long de la plateforme. Paul crut sa délivrance arrivée lorsqu'il entendit le monorail à l'approche. « Ne bougez pas Paul ! Attendez la dernière seconde, juste avant que les portes ne se referment. Ce n'est qu'à ce moment que vous pourrez courir pour sauter dans la rame. Autrement ils monteraient en même temps que vous et tout serait perdu. »

Paul entendait à présent le pas des deux hommes qui approchaient, enfin la voix de Henk hurla dans son oreillette : « MAINTENANT ! » Il se mit à courir. Parvenu à mi-chemin il entendit le bip signalant la fermeture automatique des portes et vit l'espace en face de lui se rétrécir. Dans un ultime effort, il parvint à se glisser dans l'interstice.

Une fois à l'intérieur, il tourna la tête et croisa le regard des deux hommes qui avaient couru à sa suite. L'un d'entre eux introduit sa main sous sa veste, probablement à la recherche de son arme mais le monorail se mis en mouvement et Paul vit la plateforme et les deux hommes restés à quai s'éloigner.

***

« Comment ? » hurla Trinh. « Passez-moi ce visiophone. » Holzer tendit l'appareil à Trinh qui le lui ôta prestement des mains. « Dépêchez-vous de vous rendre à la prochaine station ! Je vous rejoins plus bas sur la ligne. » Il rendit l'appareil à Holzer, fit le tour du véhicule et s'installa à la place du conducteur. Holzer eut à peine le temps de monter à l'arrière avant que la voiture ne démarre en trombe.

***

Sous le regard mi-choqué mi-intrigué des autres passagers, Paul progressa plus avant dans la rame. Il traversa plusieurs voitures et s'installa au milieu de passagers qui n'avaient pas assisté à son entrée tumultueuse. Quand il fut certain que les autres voyageurs ne s'intéressaient pas à lui il parla à Henk.

– Comment comptez-vous me sortir de là maintenant ? Il y aura certainement des hommes pour m'interpeller à la prochaine station.

– Encore faut-il qu'ils vous trouvent.

Après une pause Henk repris :

– Vous descendrez dans 2 arrêts. J'ai pu accéder aux caméras de surveillance de la prochaine station, je vous indiquerai si des agents montent dans la rame et au niveau de quelle voiture.

***

« Powel et Bogo sont arrivés à la station suivante capitaine. Ils ont réussi à monter à bord du monorail, ils parcourent actuellement les voitures à sa recherche. » Trinh conduisait en prenant tous les risques de manière à diminuer le temps de parcours. Il volait légèrement au-dessus du couloir autorisé car le trafic y était dense. « Bien, répondit-il. Qu'ils le trouvent et l'arrêtent avant la prochaine station, nous les rejoignons. » Evitant à la dernière seconde un véhicule qui doublait par dessus la file il s'adressa à Willy : « analysez les images des caméras du monorail et identifiez-le ! »

***

« Ils sont en train de remonter la rame Paul, ils sont maintenant dans la voiture du milieu. C'est le moment d'utiliser ce que je vous ai fait acheter à la boutique. » Paul ouvrit son sac et examina les articles un à un.

– C'est quoi votre plan Henk ? Vous voulez pas que je me dessine une cible sur la tête tant qu'on y est ?

– Faites-moi confiance, ça va marcher Paul. Dépêchez-vous d'enfiler tout ça et n'oubliez pas le maquillage.

***

– Capitaine !

– Vous l'avez trouvé ?

– Je pense qu'il s'agit de Paul mais je dois avouer qu'il y a quelque chose qui m'échappe. Regardez par vous-même, dit Willy en pointant l'écran.

Trinh et Holzer regardèrent l'image sur laquelle on voyait un homme ressemblant à Paul vêtu d'une casquette et d'un maillot de supporter de foot. L'homme était en train de se grimer le visage aux couleurs de l'équipe locale. Il tourna la tête pour jeter un œil dans le couloir du monorail, révélant ainsi son profil à la caméra. Il s'agissait bien de Paul. « Mais qu'est-ce que ça veut di… » commença Holzer avant d'être coupé par Trinh : « Willy montrez-moi la prochaine station sur le plan ! ». Willy s'exécuta.

« Pas possible » dit Trinh lorsque le plan s'afficha, il regarda l'heure : 15 h 40. « Powel, Bogo, il est en voiture de tête avec une tenue de supporter de foot, foncez et attrapez-le ! »

***

Je suis prêt, bredouilla Paul dans son oreillette. Au lieu de la voix de Henk, il entendit les protestations de passagers plus loin dans la rame. Des gens se mettaient à crier alors qu'une bousculade avait lieu, il se pencha et regarda vers l'arrière du train. Il reconnut instantanément les deux hommes de tout à l'heure qui étaient en train de courir dans sa direction, repoussant brutalement les passagers qui se trouvaient sur leur passage.

Je suis fait comme un rat se dit-il. Les deux hommes n'étaient plus qu'à une vingtaine de mètres au moment où le monorail commença à décélérer à l'approche de la station. Paul aperçut au loin la masse compacte des supporters de foot sur le quai. La sortie du match, c'était donc ça le plan de Henk et la raison pour laquelle le timing était si déterminant.

Il entendit les deux hommes crier en le pointant du doigt « arrêtez le, arrêtez cet homme ». Affolé, il observa les passagers autour de lui. Ils regardaient alternativement dans sa direction puis dans celle de ses poursuivants qui approchaient à toute vitesse. Enfin ils regardèrent les passagers indignés et pour certains blessés que Powel et Bogo avaient laissé dans leur sillage.

C'est alors que l'impensable se produisit. Un homme corpulent se leva et se mit dans le passage, il avait observé Paul et avait perçu la sincérité de son désarroi. Bientôt, une dizaine de passagers l'imitèrent et firent obstruction aux assaillants de Paul. Incrédule, il restât tétanisé quelques instants alors que le train venait de s'arrêter. Il fut sorti de sa torpeur par un des passagers qui lui cria de fuir. Aussitôt descendu, il s'immergea dans la masse des supporters qui tous portaient la même casquette, le même maillot et les mêmes couleurs aux joues que lui.

La voix de Henk résonna à nouveau dans son oreille : « C'est parfait Paul, continuez à vous mêler à la foule et joignez-vous aux supporters qui prennent la passerelle au-dessus de la voie. »

Depuis la passerelle, Paul vit Trinh fendre la foule des supporters pour rejoindre Powel et Bogo qui avaient finalement réussi à sortir du monorail. Après une courte explication entre les trois hommes, Trinh regarda partout autour de lui comme un dément. Puis dans un geste de rage, il jeta violement son visiophone sur le sol. Paul poursuivit son chemin au milieu des supporters. Tout en marchant il dit simplement « merci. »

Lorsque Paul eut atteint l'autre extrémité de la passerelle, Henk l'invita à reprendre le monorail en sens inverse. Camouflé dans la foule des supporters qui regagnaient le centre, il se sentait en sécurité, le voyage en monorail se déroula calmement.

À un moment les yeux de Paul s'embuèrent, il se mit à pleurer ne sachant pas si c'était la joie ou le contrecoup de la folle course des événements de la journée. Un supporter à côté de lui le prit par l'épaule : « te bile pas mec, on gagnera la prochaine fois… » Paul sourit et se retint pour ne pas partir dans un grand fou rire nerveux.

Henk lui demanda de descendre à la station Central. « On tourne en rond » lui rétorqua Paul. « Nous oui, mais pas ceux qui vous poursuivent et c'est ça qui compte. » lui répondit Henk. Depuis le hall de la station Central, il le fit descendre dans la ville basse et le guida jusqu'à une ruelle à proximité de l'entrée condamnée de l'ancien métro.

« Nous y sommes Paul, selon toutes les informations dont je dispose vous êtes en sécurité. Maintenant notre protocole est très strict. Ça ne va pas vous plaire mais nous n'avons pas le choix. Vous devez attendre la tombée de la nuit caché ici de manière à ce que l'on soit absolument certains que la division spéciale a perdu votre trace et que l'on peut vous récupérer sans faire courir un trop grand risque à notre réseau. » « Vous allez finir par me faire regretter la supra-vie si vous continuez comme ça » répondit Paul. « Vous ne croyez pas si bien dire » lui dit Henk amusé. « Attendez de découvrir l'infra-vie et nous en reparlerons. »

***

La plus grande confusion régnait devant la salle de cérémonie suite au départ retentissant de Trinh et de ses hommes. Le père Roy et quelques officiels se trouvaient sur les escaliers de l'entrée, ils conjecturaient au sujet du déroulé des événements et de leur possible dénouement. Les invités quant à eux se répartissaient en petits groupes en fonction de la nature de leur relation avec Paul. Les rumeurs sur sa disparition allaient bon train.

Patricia et Lisa avaient observé de loin le manège de

Trinh, Holzer et Willy. Elles avaient perçu l'agacement, la tension et la colère dans les gestes et les expressions.

– Ils ont perdu sa trace, dit Lisa.

– Je ne sais pas ma chérie, ils sont partis dans la précipitation et ils avaient l'air de savoir où ils allaient.

– Tu as vu comme moi l'état de colère à peine contenue dans lequel se trouvait l'homme qui m'a interrogé. Je te dis qu'ils l'ont perdu.

– Je veux simplement que tu ne te fasses pas trop d'espoirs ma Lisa. Toutes les tentatives d'évasion des prescrits se sont invariablement terminées de la même manière ; l'arrestation et l'exécution des fugitifs.

13

« L'un d'entre vous peut-il m'expliquer la cause de ce bordel ? » Pour seule réponse à sa question l'homme obtint un silence navrant. Il tira à nouveau sur son cigare électronique et d'épaisses volutes de fumée s'échappèrent de ses narines. Un système de ventilation automatique, dissimulé dans le faux-plafond, se mit en route et aspira hâtivement la fumée de la pièce. Les traits de l'homme réapparurent distinctement et on aurait pu croire que c'était la fumée elle-même, effrayée par les proportions difformes de ce visage, qui avait pris la fuite. « Dois-je vous rappeler que, même au sein du gouvernement, il existe des oppositions à LIVOVI ? Nous sommes observés, le moindre faux pas est guetté et c'est typiquement le genre de mauvaise presse dont je pourrais me passer » fit l'homme en désignant le journal qu'il avait intentionnellement posé sous les yeux de Barton et Trinh. Sur la page à laquelle il était ouvert, ils purent lire un mince entrefilet titré : « *Un fugitif abattu par la division spéciale* ». L'article relatait sommairement la tentative de fuite d'un prescrit au jour de sa cérémonie de retrait et son exécution par la division spéciale alors qu'il refusait de se rendre après plusieurs sommations.

« Heureusement que j'ai pu soudoyer mon contact au journal » poursuivi l'homme, « vous imaginez les dégâts s'ils avaient fait la une en titrant 'Un prescrit échappe à son retrait !' ? Nous aurions perdu toute crédibilité. Plus grave, les prescrits se seraient mis à croire, à reprendre confiance, peut-être même auraient-ils suscité un élan de sympathie dans la société. »

Désolé, cela ne se reproduira plus, dit Barton. « C'est le sixième à nous échapper ! Vos excuses ne m'intéressent pas, ce sont des réponses que je veux. » Trinh regarda Barton qui ne disait plus rien. Devant le silence de son supérieur hiérarchique il se risqua à parler. « Nous pensons qu'ils bénéficient de l'aide d'un réseau ou d'une organisation. » Barton se tourna vers lui et le fusilla du regard, Trinh étant le moins gradé il n'avait en théorie pas voix au chapitre sauf à ce que son supérieur l'y autorise. « Poursuivez Capitaine » intima l'homme.

« Au cours de nos investigations pour récupérer le prescrit 482-C nous avons trouvé ceci » dit Trinh en montrant le mouchard au creux de sa main. « Comme tous les prescrits, Paul avait un mouchard solidement ancré au niveau de son radius. Le fait qu'il en ait eu connaissance et qu'il soit parvenu à l'extraire nous laisse penser qu'il a été aidé. »

« Pouvez-vous développer plus avant votre théorie ? » demanda l'homme. Barton faisait un effort considérable pour maîtriser son exaspération. Alors qu'intérieurement il bouillait, c'est tout juste si ses joues de poupon avaient pris une teinte rosée. « S'il avait tenté d'extraire le mouchard par lui-même, il se serait très probablement charcuté le bras et vidé de son sang. Il a donc dû utiliser un dispositif d'extraction très sophistiqué. Je ne vois pas par quel moyen il se serait procuré ça tout seul. » « Intéressant… » dit l'homme après avoir prit une nouvelle bouffée. « S'il y a une organisation derrière son évasion, qui plus est une organisation avec des moyens, cela veut dire qu'il doit y avoir une infrastructure, des canaux de communication, des soutiens, peut-être même des gens infiltrés. » L'homme qui intérieurement poursuivait sa réflexion regarda Trinh fixement. Il le jaugeait du regard. Trinh ne détourna pas les yeux ce qui eut l'air de plaire à l'homme. Il esquissa un mince rictus puis reprit : « Enquêtez là-dessus capitaine et reportez-moi directement. Vous pouvez disposer à présent. »

Trinh se leva, salua et se dirigea vers la sortie. Au moment où il allait franchir le sas il entendit à nouveau la voix de l'homme. « Cela vaut pour vous aussi Barton. » Il ne put empêcher un léger sourire de satisfaction. Barton le rattrapa dans le couloir du ministère. « Votre manque de discipline est obscène Trinh ! » siffla-t-il. « J'en référerai au haut commandement. » Le rosé de ses joues avait viré au rouge cramoisi. Trinh ne releva pas, il n'était pas inquiet. Depuis que la division spéciale avait été détachée auprès du ministère, le haut commandement avait pris ses distances. Le vrai pouvoir hiérarchique se situait maintenant au ministère et l'homme qui occupait le bureau que lui et Barton venaient de quitter en était la meilleure incarnation.

***

Paul ouvrit les yeux. Lorsque sa vision fut nette il ne reconnut pas le plafond en face de lui. Cela avait été une impression fugace, l'espace d'un instant il avait cru se réveiller chez lui, dans son lit. Le sentiment de confort et de sécurité qui avait accompagné cette impression s'évanouissait alors que les événements de la veille lui revenaient. Je suis vivant se dit-il, c'est ça qui compte. Il regarda partout autour de lui, vit de nombreuses banquettes identiques à celle sur laquelle il était allongé.

Il se redressa, il était dans une rame désaffectée de l'ancien métro. Il s'approcha d'une fenêtre au travers de laquelle filtrait la lumière artificielle produite par de nombreuses lampes à tubes. Ce type d'éclairage était encore fréquent dans les années 2040 lorsque le métro avait peu à peu été abandonné à la faveur du développement du monorail et de la ville haute. Lorsqu'il fut suffisamment proche de la fenêtre, il constata que plusieurs autres trains étaient alignés de part et d'autre de celui dans lequel il se trouvait. Il découvrait cet endroit qu'il avait pourtant traversé la veille. Il y avait été emmené de nuit dans un état second, totalement épuisé au moment où on était enfin venu le chercher dans la ruelle où il était resté caché.

Il vit quelques personnes sur le quai devant lui, elles le dévisageaient avec intérêt. Paul les salua d'un geste de la main ; son salut lui fut retourné. Une personne se détacha du groupe en courant et revint quelques instants plus tard accompagnée d'Eliah.

La vue d'Eliah tranquillisa Paul, elle avait été un véritable point d'ancrage depuis le début de son aventure. Lorsqu'elle arriva à proximité de son wagon, il s'approcha de la porte et attendit qu'elle la déverrouille de l'extérieur.

– Bonjour Paul, je suis contente de vous voir.

– Et moi donc.

– Vous avez bien dormi.

– Oui répondit Paul.

– C'était plus un constat qu'une question dit Eliah avec un sourire. Il est onze heures passées. Vous devez avoir faim. Venez, je vous emmène au restaurant.

Le « restaurant » n'était situé qu'à quelques trains d'écart. Paul songea que le qualificatif de cantine aurait été beaucoup plus approprié. C'était un ensemble de deux wagons dont l'un avait été converti en cuisine, le deuxième étant le réfectoire. Sur le chemin, Paul réalisa que les rames de métro désaffectées formaient une sorte de village. Ils avaient passé plusieurs rames d'habitation avant d'arriver à la rame que l'on aurait pu qualifier de rue commerçante. Outre le « restaurant », il y avait une bibliothèque, une salle de jeux et une salle de sport. Une sorte d'épicerie venait compléter l'ensemble de 6 voitures qui correspondait à un train complet.

L'image qui vint à l'esprit de Paul en pénétrant dans le réfectoire était celle d'un vieux *diner* à l'américaine. Les banquettes d'origine avaient été conservées et au milieu de chaque ensemble de deux banquettes se faisant face, des tables avaient été fixées au sol. Il y avait ainsi 5 alvéoles dans lesquelles jusqu'à 4 personnes pouvaient s'installer pour manger. Quelques tables étaient occupées, les conversations cessèrent à l'arrivée de Paul et d'Eliah et tous les regards se portèrent sur le nouveau venu.

Paul s'installa dans une alvéole restée libre pendant qu'Eliah allait leur chercher à manger. Gêné par l'insistance des regards, il tourna la tête et observa par la fenêtre. Une petite communauté vivant sous terre, il ne savait pas à quoi s'attendre en cas de succès de l'entreprise hasardeuse qu'avait constituée son évasion. Obnubilé par les circonstances qui allaient décider de sa mort ou de sa survie, il n'y avait même pas réfléchi. Eliah salua quelques personnes en revenant avec deux assiettes d'œufs brouillés servis avec du bacon frit et des toasts, elle fit un nouveau trajet pour ramener deux tasses de café fumant. « Vous ne pouviez pas me faire plus plaisir ! » dit Paul en se précipitant sur le café et son assiette.

Il se délecta de chaque bouchée, manifestant son contentement de manière sonore sous le regard amusé d'Eliah. Lorsqu'il eu fait ripaille, il se redressa, appuya son dos sur la banquette et la regarda. Des dizaines de questions lui brûlaient les lèvres, il n'était pas trop sûr de savoir par où commencer.

– Ces gens sont des anciens prescrits ? dit-il en désignant les tables voisines.

– En partie seulement, certains vivent en surface et viennent ici quand ils le peuvent pour apporter leur aide. C'est mon cas.

– Pourquoi me regardent-ils comme ça ?

– Les nouveaux sont plutôt rares et vous n'êtes… Eliah s'interrompit avant de se corriger. Pardon, je veux dire vous n'étiez pas un prescrit comme les autres. Votre réputation vous précède.

– Pas un prescrit comme les autres ? Qu'est-ce que vous voulez dire ?

– Nous y reviendrons un peu plus tard si vous voulez bien Paul.

Frustré, Paul réfléchit à sa prochaine question.

– Combien êtes-vous à vivre ici ?

– Nous sommes un petit groupe Paul, une vingtaine de personnes séjournent ici et encore pas tous à temps complet.

– Où sommes-nous, quel est cet endroit ?

– Il s'agit d'un ancien atelier de maintenance de rames de métro. Nous sommes à quelques encablures de l'ancienne station Central, le pendant sous terrain de l'actuelle station de monorail.

– On est en plein centre ville, réalisa Paul inquiet. Nous ne sommes pas en sécurité ici.

– Rassurez-vous Paul. Vous devez comprendre que la ville haute constitue d'une certaine façon une nouvelle strate. Comme souvent lorsqu'une nouvelle strate apparaît, elle relègue à l'oubli une strate plus ancienne. Les autorités peinent déjà à sécuriser la ville basse. Pour elles tout ce qui se trouve en dessous sont les restes fossiles d'une époque révolue. Nous avons sécurisé le périmètre, il n'y a rien à craindre. Qui plus est, comme vous avez pu vous en apercevoir, nous avons des protocoles très stricts pour aller en surface ou en revenir.

– Et si l'endroit venait à être découvert ? insista Paul.

– Tous les accès sont surveillés en permanence par Henk et son équipe. En cas d'intrusion nous avons une stratégie de retraite. L'un des trains a été entièrement restauré et peut emmener tout le monde vers une base arrière tenue secrète.

– Que va-t-il se passer maintenant ? Qu'attendez-vous de moi ?

– Paul, vous venez d'échapper à la mort. Vous avez été soumis à un stress considérable ces derniers jours. Prenez un peu de temps pour récupérer. *One* aimerait faire votre connaissance. C'est notre chef, c'est lui qui a décidé de votre évasion. Nous reparlerons de l'avenir lorsque vous aurez pu discuter avec lui.

Eliah se leva et regarda Paul en souriant : « Venez

maintenant, j'ai quelque chose à vous montrer. »

– Attendez, j'ai une dernière question. Ma fille Lisa... L'ai-je mis en danger ?

– Je comprends votre inquiétude Paul mais je pense qu'il n'y a rien à craindre. Vous ne lui avez rien dit, elle ne peut pas être considérée comme complice de votre évasion. Qui plus est, elle vit sous le toit de Greg Palmer, il est influent et très bien connecté. Je pense que la division spéciale ne se lancera pas dans une investigation trop poussée. Ce serait prendre le risque de s'exposer à des sanctions.

Quelque peu rassuré, Paul se leva à son tour. Ils sortirent du restaurant, remontèrent le long du quai pour se diriger vers une nouvelle rame de métro stationnée en parallèle des précédentes. Eliah désigna un wagon situé vers le milieu de la rame. « C'est ici » dit-elle. Elle utilisa un pass pour déverrouiller la porte qui s'ouvrit, révélant une rangée d'écrans. Il s'agissait d'un poste de contrôle dans lequel ils virent un homme de dos qui travaillait sur un ordinateur. Il portait un casque audio et absorbé par sa tâche, n'avait pas entendu l'ouverture de la porte. « Henk, j'ai avec moi quelqu'un qui a très envie de voir à quoi tu ressembles ! » dit Eliah en élevant la voix. L'homme pivota sur son siège. Lorsqu'il vit Paul, Henk s'empressa d'enlever son casque et de venir à sa rencontre.

– Paul, je suis tellement content de te voir. Désolé, je veux dire de vous voir.

Paul balaya son embarras d'un geste de la main.

– Ce n'est rien Henk, après ce que l'on a traversé, le vouvoiement relèverait de l'incongruité. Moi aussi je suis drôlement content de te voir et d'avoir l'occasion de te remercier de vive voix pour tout ce que tu as fait pour moi.

Réalisant qu'il n'avait même pas pris le temps de remercier Eliah, Paul se tourna vers elle : « Cela vaut également pour vous Eliah. » Eliah répondit d'un petit signe de la tête appuyé d'un sourire. Paul recentra son attention sur Henk. Il faisait sensiblement la même taille que lui, même si du fait de sa minceur, il paraissait un peu plus grand. Paul lui aurait donné la trentaine mais il avait en réalité 43 ans. Son expression était à la fois alerte et bienveillante, ses gestes vifs. D'une manière générale, il émanait de son être une énergie communicative.

« Viens, je vais te montrer le poste de contrôle » dit Henk avec empressement. En pénétrant dans le wagon, Paul fut frappé par l'impression de désordre qui y régnait. Outre les nombreux écrans et ordinateurs, il y avait des composants électroniques épars, des pièces mécaniques, des outils, les restes d'un repas sur le plan de travail.

– C'est plutôt chargé, fit-il remarquer.

– Henk est notre petit génie de l'informatique, de l'électronique et de la robotique dit Eliah amusée. Ce n'est pas un as du rangement mais on le lui passe bien volontiers.

Henk désigna une première rangée d'écrans.

– Ce que tu vois ici ce sont les images des caméras du réseau de vidéosurveillance publique que j'ai piraté. À côté, nous avons les images des caméras qui sécurisent notre site.

– Et à quoi correspondent ces images ? dit Paul en montrant une troisième rangée d'écrans.

– Ce sont les images renvoyées par les membres de mon équipe qui opèrent actuellement en surface.

Paul regarda à présent vers le fond du wagon. « Et ça, à quoi ça sert ? » dit-il. Il pointait du doigt une sorte de cabine dans laquelle on pouvait distinguer un masque de réalité virtuelle et un exosquelette.

– Ceci ? dit Henk avec fierté. C'est ma cabine de pilotage d'androbot. La plupart du temps ils fonctionnent en mode autonome mais je les ai modifié pour pouvoir les débrayer à distance en mode manuel. Ainsi je peux piloter un androbot pour accomplir une mission particulière. Lorsque j'enfile l'exosquelette, l'androbot reproduit tous les mouvements que je réalise. Quant au masque, il me permet de voir et d'entendre tout ce qui se trouve dans l'environnement immédiat de l'androbot.

– Vous disposez d'androbots, dit Paul avec une moue incrédule.

– C'est exact dit Henk. D'ailleurs on pourrait dire que d'une certaine façon nous nous sommes déjà rencontrés, fit Henk mystérieux.

– L'androbot qui m'a tendu l'enveloppe pour le rendez-vous à l'opéra, c'était toi !

Henk acquiesça, « Je veille sur toi depuis un certain temps Paul. Viens, je vais te présenter le reste de l'équipe. » Henk déverrouilla la porte du wagon adjacent. Trois androbots se trouvaient à l'intérieur, visiblement en charge ou en maintenance. À l'image du poste de contrôle, le reste du wagon était un fouillis de composants électroniques en tout genre, de carénages d'androbots et de vérins hydrauliques. Au milieu du wagon se trouvait un quatrième androbot partiellement désossé, un prototype sur lequel travaillait Henk.

Très impressionné, Paul mit un peu de temps à reprendre ses esprits.

– C'est donc ça ton équipe. Il y en a pour une véritable fortune dit-il, comment financez-vous tout cela ?

– Nous laisserons le soin à *One* de vous répondre sur ce point, intervint Eliah.

– Je comprends mieux la manière dont vous parvenez à intervenir en surface songea Paul à voix haute.

– C'est effectivement un de nos modes opératoires privilégié, lui répondit Henk. Maintenant nous avons également des personnes comme Eliah qui peuvent réaliser des missions mais il est préférable d'éviter de trop les exposer. En dernier recours nous avons les produits nécessaires pour pratiquer des modifications physionomiques temporaires. Une fois la série d'injections effectuée, la personne traitée dispose d'une fenêtre de plusieurs heures pendant laquelle elle ne pourra pas être identifiée par la reconnaissance faciale.

Paul observa les androbots en charge, leur squelette tout en articulations métalliques et en vérins recouvert par des carénages en matière plastique. Au niveau des mains des androbots, il vit une inscription gravée. Il s'approcha pour pouvoir la déchiffrer, c'était le logo du groupe Bulsom accompagné de sa réclame pour la division androbots : *Trusted hands.*

14

Greg sortait de son usine flambant neuve. Elle avait été inaugurée quelques mois auparavant, symbole de l'expansion du groupe Bulsom et de la réussite insolente de sa division androbots. Il venait de faire le point avec le responsable du site sur les cadences de production de la dernière génération de module électronique Bulsom pour la préhension humaine. Ces modules, assemblés sur les lignes de productions de l'usine, comportaient un nanoprocesseur dont la puissance de calcul permettait d'intégrer l'information de centaines de capteurs de pression disposés sur les mains des androbots.

Ainsi, en plus de la motricité fine, la nouvelle génération de module Bulsom dotait les mains des androbots d'un sens du toucher inégalé. Ce module était destiné à être intégré directement sur la carte mère des androbots. Il s'agissait d'un organe de contrôle central que l'on pourrait, par analogie avec le système nerveux central chez l'homme, comparer au cervelet.

Le soleil était déjà couché et l'air était encore frais

en cette fin mars. Greg frissonna et s'empressa d'entrer dans sa voiture. Une fois installé, il soupira tout en se massant les tempes. Les dernières semaines avaient été éprouvantes, il avait travaillé entre dix et quinze heures par jour.

Au démarrage de la commercialisation de son nouveau module s'était ajouté l'augmentation de la production de D-hope ainsi que le recrutement de nouveaux dealers. Les menaces insidieuses de son contact au ministère le hantaient et dernièrement il s'était mis à éprouver des difficultés de sommeil. La stimulation sensorielle de son caisson ne suffisait plus à l'apaisement de son psychisme, il avait dû prendre de puissants somnifères. C'était soit ça, soit le renoncement au sommeil.

Pour couronner le tout, l'annonce relayée par les journaux de la mort de Paul avait créé un climat de tension à la maison. Après une courte période de déni, Lisa était entrée dans une phase de colère dirigée contre le gouvernement central mais également contre les autres occupants de la maison.

Patricia restait absolument insondable et c'était de loin ce qui le préoccupait le plus. Lorsqu'il l'interrogeait elle lui disait de manière évasive que tout allait bien. Greg, lui, était convaincu du contraire. Il avait la conviction que quelque chose était irrémédiablement brisé. Ils étaient entrés dans une nouvelle ère et rien de ce qu'il ferait pour tenter d'améliorer les choses ne pourrait changer cela.

Paul… Un vague sentiment de culpabilité l'effleura à la pensée de l'ex-mari de sa femme. C'était fini maintenant, inutile de ressasser tout ça.

Il démarra sa voiture qui s'éleva dans les airs, il devait se rendre sur un autre site industriel de Bulsom, son usine de fabrication de médicaments. Bulsom fabriquait différents médicaments sans ordonnances, de l'antalgique à l'antiseptique en passant par les anti-acides. Les équipes de nuit travaillaient à la fabrication d'une toute autre classe de molécules, les principes actifs du D-hope. C'était risqué mais, à court terme, c'était la seule solution qu'avait trouvé Greg pour augmenter les capacités de production. Ses laboratoires clandestins tournaient déjà à plein régime.

***

Après un peu plus de 24 heures passées à la base – c'est ainsi que ses occupants désignaient l'ancien atelier de maintenance du métro – Paul commençait à prendre ses marques. Il avait lié connaissance avec d'anciens prescrits et écouté leurs histoires, chacune différente et semblable à la fois, qui le ramenait douloureusement à la sienne. Il était en train de prendre la mesure du traumatisme qu'avait été LIVOVI, en particulier ces dernières semaines. Il lui fallait maintenant entreprendre un long chemin vers la reconstruction dont il pressentait qu'il serait semé d'embûches.

Pourtant, en discutant avec ces gens, au-delà de la douleur d'une existence brisée que l'on avait tenté d'abolir, il percevait de la détermination, de la combativité. Il percevait également autre chose, en l'occurrence une chose qui le mettait mal à l'aise. Une attitude qui pourrait s'apparenter à de la déférence à son égard et qui venait recouper des propos qu'avait tenu Eliah. « Pas un prescrit comme les autres », Paul s'était longuement interrogé au sujet de cette phrase mais ne parvenait pas à comprendre ce qui pourrait faire de lui un cas particulier au milieu de la multitude des prescrits. Il espérait que son entretien avec *One* lui apporterait des éléments de réponse.

Il n'avait pas eu l'occasion d'apercevoir celui que tous dans la communauté considéraient comme leur chef. Une aura de mystère entourait ce personnage unanimement respecté et cela ne faisait qu'attiser la curiosité de Paul.

Il se trouvait présentement devant le wagon qui lui servait de quartier général. Ce wagon était situé dans le même train que les wagons dans lesquels Henk avait installé son poste de contrôle et son atelier. Ce doit être le train qu'ils ont restauré pour pouvoir fuir si la base venait à être découverte songea Paul.

La porte du wagon s'ouvrit et il entendit une voix à l'intonation bienveillante l'inviter à entrer. Paul pénétra dans le wagon, des stores occultaient les fenêtres et ses yeux mirent quelques secondes à s'adapter à la baisse de luminosité. Il distingua du mouvement sur sa gauche. *One*, installé à son bureau, était en train d'écrire une lettre. En s'approchant, Paul remarqua que ses mains étaient gantées. Lorsque *One* redressa la tête, Paul tenta de dissimuler une réaction de dégoût.

– Ne cherchez pas à cacher votre gêne face à mon apparence, j'ai pu en de nombreuses occasions apprécier l'effroi qu'elle produit.

Installez-vous, poursuivit *One*, je suis très heureux de pouvoir enfin faire votre connaissance.

– Moi de même, répondit Paul.

– J'en doute. Graduellement vous parviendrez à surmonter l'aversion que provoque mon faciès. Ce n'est qu'alors, lorsque les considérations esthétiques ne viendront plus ternir votre jugement, que vous saurez dans quelle mesure vous appréciez ma compagnie.

One ponctua sa dernière phrase d'un sourire que

Paul en son for intérieur ne put que qualifier de terrifiant. « Prenez place » lui dit-il en désignant un fauteuil en face de son bureau. Paul s'assit et un silence étrange s'installa. « Je vous écoute » finit par dire *One*. Sa voix douce et amicale contrastait avec la bizarrerie de son visage. Déconcerté, Paul ne savait pas quoi dire.

– Vous êtes un survivant Paul, vous découvrez un endroit dont vous ne soupçonniez pas l'existence. Vous devez avoir beaucoup de questions, l'encouragea *One*.

– C'est exact, se ressaisit Paul. Cette base, les androbots, les installations informatiques, toutes les ressources nécessaires à la subsistance de votre communauté. Comment parvenez-vous à financer tout cela ?

– Voilà une entrée en matière bien pragmatique, s'amusa *One*, mais je vais vous répondre. Il ne vous aura pas échappé que la société est divisée sur la question des prescrits. Il existe des oppositions à LIVOVI, y compris dans les sphères les plus influentes. Si dans le contexte politique actuel ces oppositions ne peuvent pas s'exprimer, cela ne les empêche pas d'agir.

– En vous finançant ? interrogea Paul.

– Entre autres choses, confirma *One*.

– Pardonnez-moi, poursuivit Paul, mais… d'un geste de la main il désigna son visage. Que vous est-il arrivé ?

– Nous y voilà, répondit *One*. Je pensai que l'on commencerait par là mais votre discrétion vous aura dicté une approche moins directe. Savez-vous pourquoi on m'appelle *One* ?

– Non, admis Paul.

– Nous avons vous et moi en commun une expérience douloureuse.

– Vous êtes un ancien prescrit, devina Paul.

One acquiesça d'un mouvement de la tête avant de poursuivre :

– Pour être tout à fait précis, j'ai été le premier prescrit. Le premier à avoir adhéré à LIVOVI, le premier à avoir participé à une cérémonie de retrait.

– Que s'est-il passé ?

– Ma cérémonie s'est déroulée selon le protocole encore en vigueur actuellement mais au moment où je croyais ma fin arrivée, le processus s'est interrompu. Les membres de la division spéciale qui étaient présents n'ont pas appuyé sur le bouton qui devait actionner le mécanisme mortel. Aujourd'hui encore je ne me l'explique pas.

– Ils vous ont relâché ? interrogea Paul, fasciné par le récit de son hôte.

– Ce n'est malheureusement arrivé que bien plus tard. J'ai été maintenu en captivité dans une cellule pendant un certain temps. Quelques heures ou quelques jours, cela reste impossible à déterminer pour moi. J'étais dans une pièce perpétuellement éclairée, totalement coupé de l'extérieur. Ce que je sais en revanche c'est qu'à un moment donné j'ai été transféré vers un bloc opératoire. Des chirurgiens sont arrivés et on m'a endormi.

C'est la douleur qui m'a réveillé, j'étais à nouveau dans ma cellule, sanglé sur un lit d'hôpital. J'avais l'impression que ma tête n'était qu'une plaie à vif. J'esquissais un geste pour tenter d'arracher les bandages qui recouvraient mon visage mais mes mains étaient également attachées et tous mes doigts entourés de pansements.

J'ai passé un certain temps dans cet état, alimenté par une sonde gastrique, alternant les moments d'éveils où la douleur me rendait fou avec des états semi comateux dûs aux sédatifs que l'on me perfusait. Un infirmier dont le visage était masqué venait changer mes pansements régulièrement. Lorsque mon état de conscience le permettait j'essayais de lui poser des questions mais c'était comme s'il ne m'entendait pas.

Petit à petit la douleur a fini par diminuer et ma convalescence a pris fin. Parvenu à ce stade, mon apparence était telle que vous la voyez aujourd'hui.

– Pourquoi vous ont-ils infligé pareil traitement ?

– Cela peut paraître paradoxal mais je pense qu'ils l'ont fait pour assurer ma survie.

– Je ne comprends pas.

– Réfléchissez Paul, ils ont changé mon apparence. Ils ont modifié tout ce qui pourrait faciliter mon identification : mon visage, mes dents – *One* révéla son sourire métallique –, mes mains, il ôta ses gants et montra ses doigts qui avaient été brûlés à l'acide pour effacer ses empreintes digitales.

– C'était peut-être pour éviter que vous ne révéliez votre identité, proposa Paul. Ils vous ont relâché alors qu'ils n'avaient pas à le faire, cela aurait pu être gênant si ça avait été découvert.

– Ils savaient très bien que je n'en ferai rien. Révéler mon identité c'était peut-être réussir à pointer un dysfonctionnement dans le système LIVOVI qui aurait pu coûter la tête à un ou deux cadres du ministère, mais c'était surtout m'inscrire en tête de liste pour la prochaine cérémonie de retrait. Je restais un prescrit qui, arrivé au terme de son contrat, devait être retiré. Je pense donc qu'ils l'ont fait pour me permettre d'échapper à l'identification. Ou en tous cas pour me donner les meilleures chances de parvenir à me cacher et à survivre.

– Le risque d'identification existe toujours, ils n'ont pas pu modifier votre ADN tout de même.

– Et pourquoi donc croyez-vous que je vis sous terre ?

– Ça n'a pas de sens, pourquoi auraient-ils fait une chose pareille ?

– Était-ce de la superstition parce que j'étais le premier prescrit ? De la mauvaise conscience ? Aujourd'hui je ne le sais pas, je n'ai que de vagues suspicions. Je mets à profit mon existence pour poursuivre mon combat contre ce système inique.

Paul réfléchit à sa prochaine question. N'y tenant plus, il formula cette interrogation qui ne l'avait pas quitté depuis qu'il s'était réveillé à la base.

– Pourquoi m'avoir sauvé, pourquoi moi ? Il y a des milliers de prescrits peut-être même des millions.

One ne répondit pas tout de suite, il fixa Paul du regard. Ce qu'il s'apprêtait à lui révéler risquait d'être un nouveau choc pour lui. Il le scruta un long moment, comme si, au-delà de l'expression de Paul, il pouvait interroger son psychisme et s'assurer de sa capacité à encaisser.

– Que savez-vous des causes de votre cancer ? questionna *One*.

15

Trinh travaillait à son bureau lorsque son IA lui annonça la réception d'un mémo-mail à caractère important en provenance du ministère. Il se rua sur son terminal, c'était le message qu'il attendait.

Ne sachant pas trop par où commencer son enquête, il avait collecté les numéros des prescrits ayant échappé à leur retrait. Une information confidentielle à laquelle seul lui et Barton pouvaient accéder à la division spéciale.

Une fois sa liste établie, il avait fait une demande auprès des équipes du ministère pour obtenir les dossiers de ces « volontaires ». Les six dossiers venaient de lui être envoyés par mémo-mail.

Il se mit en devoir de les analyser un par un, à la recherche de similitudes. Au moment où il parcourait le 4ème dossier, une information attira son attention. Elle concernait la condition médicale du prescrit 150-B. Trinh s'empressa de reprendre les précédents dossiers, il avait une impression de déjà vu. Il sentit l'adrénaline monter en lui. Après quelques minutes de recherche, il finit par trouver ce qu'il cherchait.

Sur les six prescrits ayant échappé au retrait, deux étaient atteints de la même maladie au moment de leur adhésion, le fait était troublant. Il lui fallait davantage d'information sur la maladie en question, notamment sur sa fréquence. Trinh s'apprêtait à interroger son IA mais, ne sachant absolument pas où pourraient mener ses investigations et quelles pourraient en être les répercussions, il se ravisa. Interroger son IA laisserait davantage de traces que de solliciter un analyste sans l'informer des tenants et aboutissants. Il appela donc Willy pour lui demander de procéder à quelques analyses statistiques.

Un fois que ce fut fait, il patienta. Il n'eut pas à attendre longtemps, bientôt Willy le rappela pour lui communiquer les informations qu'il avait demandées. Trinh le remercia avant de mettre fin à la communication. Quel que fût son a priori au moment de faire sa connaissance, il devait reconnaître à Willy de véritables aptitudes d'analyste.

Les informations corroboraient son intuition : il était hautement improbable que le fait troublant qu'il avait décelé soit le fruit d'une simple coïncidence.

Le problème était qu'il n'avait pas même le début d'une hypothèse sur ce que cela pouvait signifier. Trinh hésita sur la marche à suivre, le directeur de LIVOVI lui avait demandé des rapports réguliers sur son avancement. Ce qu'il avait était maigre. D'un autre côté comme il ne savait pas où il mettait les pieds, cela lui permettrait de tester le terrain. Il se décida à appeler l'homme au cigare, celui-ci répondit dès la deuxième sonnerie.

– Bonjour Capitaine.

– Directeur, je vous appelle au sujet de l'enquête

que vous m'avez confiée.

– Bien entendu, vous avez du nouveau ?

– C'est très mince, mais j'ai peut-être un début de piste.

– Allez-y je vous écoute.

– J'ai analysé les dossiers médicaux des six « volontaires » ayant réussi à s'échapper. Deux étaient en bonne santé au moment d'adhérer à LIVOVI, ils ont intégré le programme uniquement pour percevoir un complément de revenus. Les quatre autres ont adhéré pour pouvoir financer des soins. Ils étaient tous les quatre atteints de cancer.

– Rien d'étonnant à cela capitaine, le cancer est une des maladies graves dont la morbidité est la plus forte. Par ailleurs, sans l'accès aux traitements de rang E, le cancer reste une maladie mortelle. C'est de fait une des raisons pour lesquelles nous avons créé LIVOVI. Si nous avions généralisé l'accès aux traitements de rang E à tous les patients atteints de cancer, nous aurions tout simplement fait exploser le système de santé.

– Je sais tout cela directeur, mais il se trouve que deux d'entre eux avaient développé une forme de lymphome particulièrement rare.

L'interlocuteur de Trinh marqua un bref temps d'arrêt avant de poursuivre l'échange.

– Surprenant. Sans doute une simple coïncidence.

– Je ne pense pas. J'ai demandé à mon analyste de procéder à quelques requêtes statistiques sur la base de données de LIVOVI. Ce type rare de lymphome est surreprésenté chez les adhérents à LIVOVI compte tenu de sa prévalence dans la population des patients atteints de cancer.

Le directeur marqua un nouveau temps d'arrêt, cette fois-ci un peu plus long. Trinh eut tout le loisir de s'interroger sur la pertinence de sa démarche. Etait-ce prudent de tester ainsi le terrain ? N'aurait-il pas mieux valu poursuivre les investigations et évaluer le caractère potentiellement sensible de sa découverte ? Il était maintenant trop tard, le directeur finit par lui répondre d'une voix froide et posée.

– Je pense que vous faites fausse route capitaine. Vous feriez mieux de poursuivre vos investigations sur le type de dispositif ayant permis à ces prescrits d'extraire leur mouchard.

– S'agit-il d'un ordre Monsieur le directeur ?

– Vous avez dû mal me comprendre Trinh. J'exprimais simplement mon opinion selon laquelle dans l'intérêt de l'enquête – dont nous avons tous la réussite à cœur – il serait plus judicieux de concentrer vos efforts sur la piste prometteuse du dispositif d'extraction des mouchards. Ai-je été suffisamment clair cette fois ?

– Tout à fait directeur.

– Appelez-moi dès qu'il y a du nouveau, conclut sèchement le directeur avant de raccrocher.

J'ai mis le doigt sur quelque chose de dangereux se dit Trinh, il va falloir que je sois extrêmement prudent.

16

Paul sentit un frisson lui parcourir l'échine, son pouls s'accéléra. Quel était le sens de la question de *One* ? Tâchant de maîtriser sa voix, il essaya de lui répondre.

– Que voulez-vous dire ? Les médecins m'ont parlé d'un virus oncogène à l'origine de mon lymphome.

– C'est exact mais incomplet répondit *One*. Henk est parvenu à pirater la base de données médicales de LIVOVI. Ce que les médecins ne vous ont pas dit c'est que ce virus avait été modifié génétiquement. La mutation introduite a eu pour effet d'augmenter le pouvoir tumorigène du virus, sa capacité à former des tumeurs. Elle est passée de seulement quelques pourcents à cent pourcents. En d'autres termes, à partir du moment où vous aviez été infecté, vous étiez condamné à développer votre lymphome.

– Une arme biologique… Vous êtes en train de me dire qu'on m'aurait en quelque sorte inoculé mon cancer ?

Paul eut la sensation que le sol se dérobait sous ses

pieds, il avait toujours attribué sa maladie et les conséquences dramatiques qu'elle avait eu sur sa vie à un coup du sort. Il lui paraissait impensable que quelqu'un ait sciemment décidé de la ruine de son existence. Il se sentit mal tout à coup, une douleur profonde l'envahit alors qu'il ressassait comme il l'avait fait tant de fois ces dernières années tout ce que ce cancer lui avait coûté. « Il doit y avoir une erreur, ce n'est pas possible. » Finit-il par dire.

« Paul, j'ai la certitude de ce que j'avance. » *One* laissa passer un temps avant de poursuivre. « J'en ai la certitude pour la bonne et simple raison que c'est ce même virus muté qui m'a conduit à adhérer à LIVOVI. »

La sidération se lisait dans le regard de Paul, comme s'il ne parvenait plus à donner un sens à l'enchaînement des mots. Il se répéta mentalement la dernière phrase de *One* et la mécanique grippée de son cerveau se remit en marche. La stupeur laissa place à une excitation intellectuelle vive alors que le sens refaisait surface. Sa fascination pour son interlocuteur redoubla, lui permettant l'espace d'un instant d'oublier sa propre douleur.

One lui raconta l'histoire de sa vie antérieure. L'histoire d'un homme appelé Arthur Colat, politicien prometteur issu des couches modestes de la société.

Très tôt il avait été engagé, fermement convaincu que la mobilisation était un devoir pour que la démocratie fasse vivre ses belles promesses, alors qu'elle courait le risque de ne devenir qu'un pare-feu protégeant l'ordre établi. Etudiant, lors d'un discours qu'il prononçait, il avait été électrisé par l'énergie d'une foule qui le jugeait apte à incarner ses valeurs, ses idées, ses espérances.

Il avait réalisé un parcours politique brillant, accédant à la députation à moins de 40 ans. Peu à peu, il était devenu un parlementaire influent, exprimant en toute occasion la voix de la solidarité et de l'équité. C'est au milieu des années 2040, au moment où il présidait la commission santé du parlement, que le drame se produisit.

En pleine ascension dans les sphères du pouvoir, Arthur Colat, l'homme que je fus a été fauché par la maladie, conclut *One*.

« Qu'est-ce qui a fait qu'à un moment donné vous êtes devenu gênant ? » questionna Paul.

« Vous êtes-vous déjà interrogé sur les circonstances qui ont abouti à la création de LIVOVI ? » répondit *One*. Tandis que Paul acquiesçait, il poursuivit : « vous ne vous êtes jamais dit qu'un autre chemin aurait été possible ? » Paul acquiesça de nouveau.

– Je faisais partie de cet autre chemin, je prônais une vision humaniste et égalitaire de notre système de santé. Une vision dans laquelle le progrès thérapeutique n'est financé que s'il peut bénéficier à tous. Je me suis vigoureusement opposé à LIVOVI lorsque le projet a été soumis au vote. J'étais sans doute naïf, je ne me rendais pas compte à quel point je m'exposais…

– C'est à ce moment que vous avez développé votre lymphome.

– Et par une cruelle ironie du sort – c'est du moins ce que je pensais à l'époque – seulement quelques mois après l'avoir âprement combattu, je me suis retrouvé tributaire du programme LIVOVI. Ses partisans n'auraient pas pu rêver meilleur symbole.

– Il y a une chose que je ne comprends pas, reprit Paul. Pourquoi ne pas avoir fait appel à vos soutiens à l'époque pour financer votre traitement ?

– J'ai fait comme beaucoup de gens, j'ai laissé la maladie m'isoler. J'avais honte, je ne supportais pas d'être diminué. Lorsque LIVOVI a été voté, j'ai eu accès à une solution qui me permettait de financer seul mon traitement. Cela peut paraître confondant aujourd'hui mais j'étais totalement anéanti, j'ai saisi l'option qui se présentait à moi sans pleinement en mesurer les conséquences.

– Et après ? Une fois guéri, pourquoi ne pas avoir essayé de reprendre votre combat ?

– En tant que prescrit j'étais déjà mort politiquement. J'ai pansé mes plaies dans un isolement relatif jusqu'à mon retrait.

– Mais vous avez survécu et vous vous êtes reconstruit. Sous terre, dans la clandestinité, vous avez retrouvé des soutiens, vous avez découvert la vérité sur votre maladie. Vous avez des preuves, pourquoi ne pas faire éclater la vérité au grand jour ?

– A l'heure qu'il est, le rapport de force est par trop déséquilibré pour mener ce combat au grand jour. Il me faut davantage de preuves, davantage de soutiens. Que ce soit des soutiens politiques ou le soutien de l'opinion publique qui est aujourd'hui profondément partagée.

Ce qui nous ramène à la raison de votre présence ici Paul.

Paul baissa la tête et regarda ses mains qu'il triturait nerveusement, il finit par se redresser et se fit violence pour affronter l'anomalie que constituait les traits de son interlocuteur.

– Il doit y avoir une erreur. Je ne comprends pas pourquoi j'aurais été ciblé. Je ne suis qu'un simple ingénieur, je n'ai jamais eu la moindre ambition politique. Si mes opinions personnelles ont toujours été à l'encontre de LIVOVI, je n'ai en aucune occasion eu de tribune pour les exprimer.

– Il y a forcément une raison Paul et nous allons tâcher de la découvrir ensemble.

– Ensemble ?

– Si vous acceptez de nous rejoindre.

– *One*, je suis désolé de vous décevoir mais je ne suis pas sûr d'y être prêt, je suis simplement le type qui a cherché à sauver sa peau.

Un silence dense se fit durant lequel *One* ne cessa de dévisager Paul de ses yeux bleus perçants. Deux joyaux au milieu d'un champ de ruine, voilà tout ce qu'il reste de son visage se dit Paul. Il fut pris d'un sentiment de pitié. Si lui-même avait tout perdu, au moins lui restait-il son visage. Mais lorsque *One* reprit la parole ce sentiment désagréable s'effaça. Sa voix calme et chaleureuse, tout en maîtrise, n'inspirait pas la pitié mais la confiance. Elle avait un pouvoir magnétique, riche de multiples inflexions qui exprimaient tout à la fois l'assurance et la bienveillance, l'autorité et l'humanité.

– Paul, vous êtes le prescrit 482-C, vous avez pris le niveau de limitation maximum ce qui signifie que vous étiez parmi les premiers à atteindre le stade du retrait. Aujourd'hui le nombre de cérémonies de retrait s'élève à quelques dizaines tout au plus une centaine. Ce qui se profile devant nous ce sont des centaines de milliers voir des millions de retraits. Il s'agit d'un quasi génocide.

– Je sais tout cela *One*. Qu'attendez-vous de moi ?

– Je n'attends rien, j'espère que vous rejoindrez notre combat, mais la décision vous appartient.

– Et si je refuse ? De toute manière je suis bloqué ici sous terre, je n'ai aucune chance de m'en sortir tout seul en surface.

– Il reste la possibilité de l'exil. Nous pouvons vous mettre en relation avec des organisations de passeurs ; il y a en Afrique et en Amérique du Sud des pays qui n'ont pas d'accords d'extradition avec le gouvernement central et dans lesquels LIVOVI n'a pas d'équivalent.

– Une migration à contre-courant des migrants économiques, ironisa Paul.

– Assurée par les mêmes organisations et dans des conditions très similaires, si l'on excepte le nombre de candidats au voyage qui est incommensurablement plus bas pour le périple qui vous concerne. Nous parlons ici d'un réseau que nous ne contrôlons absolument pas. Je vais être franc, il y a pour vous la possibilité d'un nouveau départ mais également la possibilité d'une mort autrement plus violente que celle à laquelle vous destinait LIVOVI.

Après une courte pause *One* reprit :

– Vous êtes encore sous le double choc de votre cavale et de la révélation concernant l'origine de votre cancer. Prenez le temps de réfléchir à tout ça et nous en reparlerons.

– D'accord. Merci *One*.

17

Paul ouvrit les yeux dans le noir, c'est tout juste si un rai de lumière parvenait à filtrer entre les deux montants opaques du sas qui se trouvait devant lui. Il tenta d'analyser l'environnement dans lequel il se trouvait. Il avait beau tourner la tête dans tous les sens, obstinément la même vision s'offrait à son regard ; l'obscurité profonde fendue d'un rai de lumière. Il respira profondément et prit son mal en patience.

Soudain le sas devant lui s'ouvrit et une clarté aveuglante emplit son champ de vision. Après un temps d'ajustement il distingua un couloir. Il était en mouvement, il se déplaçait le long du couloir.

Un autre sas s'ouvrit et il pénétra dans une cuisine, son regard descendit sur un plan de travail où il se saisit d'un plat de volaille en sauce. De retour dans le couloir, il changea de direction. Après une dizaine de pas, il entra dans un nouvel espace, une magnifique salle à manger dans laquelle deux femmes étaient attablées.

Son regard pivota, les deux femmes étaient maintenant au centre de son champ de vision ; il s'agissait de Lisa et Patricia. « Lisa ! » il prononça son nom mais elle ne l'entendit pas.

Son regard pivota à nouveau, il la perdit, il était en train de poser le plat sur la table. Il se redressa, vit à nouveau Lisa, elle semblait se disputer avec Patricia. Il n'entendait pas leur conversation mais il n'avait aucun doute quant à l'expression vibrante de colère qu'arborait sa fille. Elle se leva avec brutalité, jeta sur la table la fourchette qu'elle avait encore à la main et se dirigea vers les escaliers au fond de la pièce. Il voulut la suivre du regard mais sa vision restait fixe. Patricia apparut, elle lui adressa quelques mots qu'il ne put entendre.

Le voilà qui rebrousse chemin, il traverse le couloir, se présente à l'entrée du sas. Lorsque ce dernier s'ouvre, il pénètre dans l'obscurité puis fait demi-tour, laissant le sas se refermer juste devant lui.

***

Frustré, Paul ramena ses mains à son visage et souleva le casque de réalité virtuelle. L'obscurité céda la place au bazar semi-organisé du poste de contrôle de Henk. « Alors comment ça s'est passé ? Tu as pu la voir ? » l'interrogea ce dernier.

L'idée lui était venue en discutant avec Henk la veille. Ils parlaient du piratage informatique, de l'interconnexion des systèmes d'information, de pilotage et de surveillance qui permettait à une personne dotée des compétences qu'avait Henk, de virtuellement pénétrer la sphère privée de n'importe qui.

Le cryptage, les brouilleurs, les réseaux domestiques sécurisés constituaient assurément des obstacles mais, dans la mesure où ces technologies gardaient un lien avec des réseaux interconnectés, il existait des brèches dans lesquelles Henk parvenait à s'engouffrer. Il lui parla de son dernier graal, le piratage d'androbots.

Comme n'importe quel dispositif électronique connecté, les androbots avaient une double appartenance. S'ils répondaient aux instructions données par leurs acquéreurs, ils collectaient des données et pouvaient recevoir des instructions à distance de la part de ceux qui les avaient développés ; notamment les concepteurs de leur Intelligence Artificielle. Réalisées sous couvert d'amélioration continue du produit et avec des garanties d'anonymisation et d'agrégation des données, ces opérations n'en constituaient pas moins un énième renoncement des consommateurs à leur vie privée face à la promesse du confort et de la sécurité.

Henk était récemment parvenu à casser l'algorithme de cryptage du signal vidéo des androbots. Ainsi, en utilisant comme simple donnée d'entrée la localisation d'un androbot, Henk pouvait voir ce que voyait l'androbot.

Il espérait à terme réussir à prendre le contrôle à distance de n'importe quel androbot et à le piloter en mode manuel comme il le faisait avec ses propres androbots. Ce pourrait être un avantage déterminant pour le réseau.

Paul, lui, avait immédiatement perçu dans ce que lui racontait son camarade un moyen de voir sa fille. Il avait dû insister longuement auprès de Henk pour que celui-ci accepte de l'aider à pirater l'androbot de la villa de Greg Palmer.

Il sortit de la cabine de pilotage d'androbot et se tourna vers Henk pour lui répondre :

– Je l'ai à peine vu, elle était en colère, elle se disputait avec Patricia. Je ne sais même pas quelle en était la raison. Ma fille souffre et je ne peux rien faire pour elle. Je suis là, bloqué sous terre.

– Je suis désolé Paul.

– Tu n'y es pour rien, c'est moi qui ai insisté. C'était une mauvaise idée… Je ne sais pas quoi faire Henk, j'ai survécu à LIVOVI mais je me sens vidé. J'ai tout perdu et je crois que maintenant tout m'indiffère.

– Donne-toi un peu de temps Paul, tu as subi un terrible traumatisme. Tous les prescrits que nous avons extraits sont passés par là.

Ce que nous faisons ici, dans la clandestinité, c'est de lutter pour une société plus juste. Je ne dis pas que cette existence est joyeuse mais elle est porteuse de sens.

***

En sortant du poste de contrôle, Paul croisa Eliah de retour à la base. « Bonjour Eliah, quelles sont les nouvelles de la surface ? » s'enquit-il. « Mauvaises » répondit Eliah sans détours.

– Le D-hope fait des ravages au sein des prescrits. Cette substance tend à les stigmatiser, à gommer l'empathie, la compassion dont pouvait faire preuve une partie de la population. Les actes de violences commis par des prescrits drogués comme ceux commis à l'encontre de prescrits – qu'ils soient drogués ou non – se sont multipliés ces derniers jours.

– C'est terrible et très inquiétant. La violence appelle la violence, il y a un vrai risque d'escalade.

– Malheureusement les autorités font preuve d'un aveuglement coupable, leur passivité contribue à ce qu'une véritable ségrégation se mette en place. Certains commerces ont paramétré leur portique à carte unique de manière à refuser l'accès aux prescrits sans que personne ne s'en émeuve.

Eliah tourna légèrement la tête, regarda au plus loin

que le permettait le paysage souterrain de l'atelier de maintenance. Elle resta un moment sans rien dire, comme perdue dans ses pensées puis elle recentra son attention sur Paul.

– J'ai participé à une réunion confidentielle avec des amis et des soutiens. Il faut que nous créions des associations pour venir en aide aux prescrits et sensibiliser l'opinion publique. Il faut que nous trouvions des relais dans la presse. La bataille doit être menée sur tous les terrains.

– Je m'excuse de poser cette question Eliah mais… Votre combat n'est-il pas vain ?

– Rien n'est vain Paul. Tous nos actes, même les plus insignifiants, concourent dans un sens ou dans l'autre aux équilibres qui gouvernent la société. Au risque de paraître simplificatrice, laissez-moi vous rappeler cette vérité élémentaire : le combat pour un monde plus juste est perpétuel et d'une manière ou d'une autre, nous y prenons tous part. Je ne pourrai pas accepter que ma génération soit celle qui ait vu l'avènement d'une nouvelle forme extrême de ségrégation sociale, ce serait une terrible régression.

– Vous avez sans doute raison. Je suis désolé, je traverse une mauvaise phase.

Paul s'éloigna, il avait besoin d'être seul pour laisser court à ses sombres ruminations. C'était sans doute un comportement autodestructeur mais il sentait qu'il lui fallait en passer par là. Abattre les derniers vestiges de l'existence qu'il avait menée pour éventuellement prendre un nouveau départ, quel qu'il soit.

18

Le jour se levait à peine, la ville était encore calme. Lisa se trouvait devant la façade tristement administrative du bâtiment. Elle n'avait pas dormi de la nuit. Le malaise ne la quittait plus depuis qu'elle avait appris par les journaux la froide exécution de son père.

Abattu en pleine rue, une « régularisation » comme lui avait laconiquement répondu le fonctionnaire sur lequel elle s'était acharnée dans sa quête impossible de réponses. Pour elle, il s'agissait d'un assassinat et elle ne pouvait plus supporter ce gouvernement qui éliminait impassiblement les plus fragiles. Il fallait qu'elle agisse.

Au travers de l'entrée vitrée du bâtiment, elle vit un vigile arriver pour déverrouiller l'accès. Résolue, Lisa franchit les quelques pas qui la séparaient de l'immeuble et poussa la porte du ministère.

***

– Où est Paul ?

Henk se retourna, il vit la silhouette d'Eliah qui se

découpait dans le sas du poste de contrôle.

– Il doit être encore reclus dans son wagon, répondit-il. Cela fait trois jours qu'on ne l'a quasiment pas vu. C'est tout juste s'il accepte de s'alimenter.

– Il faut que je le voie de toute urgence.

– Que se passe-t-il ? Il y a un problème ?

– C'est au sujet de sa fille.

– Je t'accompagne, dit Henk en se levant.

Ils sortirent tous deux et d'un pas hâtif se rendirent vers les rames d'habitation.

***

L'air hagard, Paul fixait obstinément la barre en acier chromé qui se trouvait juste derrière la banquette en face de la sienne. Son éclat métallique l'aidait à se focaliser alors qu'il subissait les assauts répétés de sa conscience. Partir, laisser derrière lui l'existence qu'il avait perdue et peut-être, s'il ne rencontrait pas la mort durant le voyage, démarrer une nouvelle vie ? Ou bien rester, épouser la cause des prescrits, livrer une bataille qu'il jugeait digne mais perdue d'avance.

Il avait tourné la question dans sa tête jusqu'à l'épuisement. Le destin a parfois un goût amer, il avait réchappé à la mort pour pouvoir choisir entre deux chemins qui, semble-t-il, voulaient l'y reconduire sans attendre. Il entendit l'ouverture de la porte, tourna la tête et vit Eliah et Henk entrer dans le wagon.

« Paul » lui dit Eliah, « c'est au sujet de Lisa… » Ne sachant pas comment poursuivre, elle lui tendit un journal. « Lis par toi-même. » Paul saisit le journal qu'il déplia sous ses yeux, il était ouvert à la page d'un long article dont le titre l'interpella. Alors qu'il parcourait le papier, son cerveau refusa tout net de comprendre ce qu'il lisait. « Non, ce n'est pas possible » s'entendit-il dire tandis que sa tête poursuivait un mouvement frénétique de dénégation. « Non, pas ça ma Lisa, ne fais pas ça ! »

L'article était intitulé : « *Pour dénoncer la barbarie du système, j'ai choisi d'être prescrit* ». Dans un long entretien, Lisa y expliquait les motivations qui l'avaient conduite à adhérer à LIVOVI alors qu'elle est encore jeune, en parfaite santé et ne connaît pas de difficultés financières. L'entretien se terminait par une longue harangue dans laquelle Lisa inscrivait son geste comme une nécessité pour contribuer à l'éveil des consciences.

« *Il y a un profond malaise dans la société sur la question des prescrits. Au fond de nous, nous savons que c'est injuste mais il nous en coûte trop de regarder la vérité en face. Nous préférons fermer les yeux, se dire que cela ne nous concerne pas, que nous ne pouvons rien y faire. Mais cela nous concerne tous et nous devons agir pour que cesse ce programme d'élimination systématique des plus faibles. LIVOVI m'a coûté un père, combien parmi nous perdront une mère, un frère, un ami, un cousin dans les années à venir ?*

Ne nous laissons pas berner par le pragmatisme cynique du gouvernement qui nous dit qu'il n'y a pas d'autres solutions et que LIVOVI permet aux plus démunis de vivre dignement et en bonne santé jusqu'à leur retrait. Je comprends les problématiques de financement liées aux formidables gains de l'espérance de vie, mais je dis que si nous ne sommes pas égaux face à cette opportunité d'une vie plus longue, c'est que cette opportunité n'en est pas une pour nos sociétés.

J'ai pris la limitation maximum, dans 20 ans aura lieu mon retrait alors que je n'aurai même pas atteint l'âge de 45 ans. Je pense qu'il faut en passer par là pour que l'opinion comprenne qu'il s'agit d'exécutions. Je vais me battre et j'espère que lorsque pour moi la date fatidique sera arrivée, collectivement nous aurons réussi à défaire cette injure à notre société prétendument civilisée. »

L'air perdu, Paul releva les yeux et regarda Eliah et Henk comme s'il s'attendait à ce que ses amis démentissent, qu'ils lui fournissent des éclaircissements sur l'existence de cet article manifestement erroné. Mais les explications ne venaient pas et le regard plein de compassion de ceux qui étaient devenus pour lui des proches ne laissait pas de doute sur la véracité de ce qu'il venait de lire.

Il sentit un changement s'opérer en lui, les interrogations existentielles qui faisaient le siège de sa conscience depuis plusieurs jours furent balayées, remplacées par une froide lucidité. Paul revint littéralement à lui-même, à la pleine conscience des forces qui avaient toujours guidé son existence, à la compréhension de ce qu'il lui incombait maintenant de faire. Il était résolu à mener un combat qui était devenu le sien.

– Elle est en danger, que va-t-il se passer pour elle ?

– C'est difficile à dire, lui répondit Eliah. Tout dépend de l'impact qu'aura son geste sur l'opinion. Je dirais qu'à court terme elle n'a pas grand-chose à craindre.

Soit son acte passe inaperçu, auquel cas elle ne constituerait pas une menace pour le gouvernement central.

Soit l'opinion s'émeut de son sacrifice. Dans ce cas de figure, sa notoriété se mettrait à croître rapidement et il deviendrait difficile pour le gouvernement d'agir à son encontre sans risquer l'embrasement.

– Ça c'est pour le court terme, mais à moyen terme ? questionna Paul.

Eliah le regarda douloureusement.

– Si son discours prend… Ils ne vont pas la laisser faire Paul, ils ont une conscience aiguë du fait que la bataille de l'opinion n'est pas jouée. Ils chercheront à la décrédibiliser par tous les moyens, ils organiseront sa déchéance aux yeux de l'opinion et dès que le doute sera installé ils s'arrangeront pour l'écarter d'une manière ou d'une autre.

– Eliah, de quoi on parle là ? Il s'agit de ma fille, je veux savoir les risques qu'elle coure.

– Tu es parmi les mieux placés pour savoir jusqu'où ils sont capables d'aller.

– Je ne laisserai pas faire. Lisa est tout pour moi, je ne les laisserai pas lui faire du mal.

Henk s'approcha et d'un geste amical, lui posa la main sur l'épaule, « On est avec toi Paul. »

Eliah le regardait, elle eut un moment d'hésitation avant de s'adresser à nouveau à lui : « Peut-être le moment est-il mal choisi mais je voulais te dire que je suis admirative devant le courage de ta fille, nous allons tout faire pour l'aider. »

19

« Bien sûr Madame, je comprends parfaitement. L'acompte que vous avez versé ne vous engage pas et nous sommes tout à fait disposés à vous rembourser dans les meilleurs délais. Permettez-moi tout de même de vous dire qu'il s'agit d'une pièce inestimable qui donnerait à votre collection… » Patricia ne put terminer sa phrase devant l'empressement que mettait sa cliente à abréger la conversation. « Entendu, évidemment c'est votre choix. Bonne journée Madame Klein. » Le visage sec, hautain et particulièrement crispé de Madame Klein disparut du terminal visiophonique. Encore une commande annulée, Patricia prit sur elle pour faire mine de ne pas s'en affecter.

Lisse, obséquieux et irréprochable, la trilogie du parfait petit galeriste ne s'accommodait que très modérément de la toute nouvelle notoriété dont Patricia faisait l'objet. La cause des prescrits était affaire de petites gens et les clients de Patricia voyaient d'un très mauvais œil le fait que sa fille s'en émeuve avec autant de fracas.

Sandra, l'assistante de la galerie faisait le pied de grue depuis un bon moment devant la porte vitrée de son bureau, attendant la fin de sa conversation visiophonique. Patricia lui fit signe d'entrer. « Bonjour Patricia, j'ai des documents urgents à vous faire signer… Il y a quelque chose qui ne va pas ? » interrogea-t-elle en constatant la mine sombre de sa chef. « Vous voulez bien fermer la porte Sandra ? » Lorsque ce fut fait, Patricia poursuivit :

– J'étais au visiophone avec Madame Klein. Elle a décidé d'annuler sa commande.

– C'est pas vrai ! C'est la troisième annulation cette semaine.

– C'est exact et je pense qu'il ne va pas falloir longtemps avant que mes chers associés ne me tannent pour que le nom de Palmer n'apparaisse plus dans notre enseigne. C'est invraisemblable, les gens me fuient comme si j'étais pestiférée.

– Pas tous Patricia, mais certaines personnes s'imaginent que leurs privilèges relèvent du droit divin. Je n'irai pas jusqu'à dire que le sort des plus démunis les indiffère, mais ils apprécieraient grandement que les prescrits cuvent leur souffrance dans le silence et la dignité.

Patricia fut déconcertée par la sagacité de son assistante, ce n'était pas la première fois que cela se produisait. Lorsqu'elle était en confiance, Sandra oubliait de dissimuler son intelligence.

Ce n'était pas par choix mais par nécessité qu'elle avait pris ce poste d'assistante, Patricia le savait et tâchait de mobiliser au mieux sa perspicacité.

– Vous avez raison Sandra. Heureusement que vous êtes là pour me le rappeler.

– J'espère que ce n'est pas déplacé de ma part mais

je me demandais à ce propos, comment va votre fille ?

– Je suis très inquiète, répondit Patricia. Elle a quitté la maison. La tension y était devenue insoutenable. J'ai tout de même réussi à l'avoir au téléphone, elle est extrêmement sollicitée par les journalistes. Son annonce a créé une sorte de déclic qui a permis que des violences sociales refoulées depuis des années soient révélées. J'avoue être plutôt préoccupée par la tournure que pourrait prendre les événements.

– Vous pouvez être fière de votre fille Patricia, il fallait beaucoup de bravoure pour rompre avec l'hypocrisie ambiante et dénoncer LIVOVI.

– Sans doute, mais en tant que mère, l'émotion qui domine chez moi est l'anxiété plutôt que la fierté.

– Je comprends, vous savez que je suis là si vous éprouvez le besoin de parler.

– Merci Sandra.

Sandra déposa les documents sur le bureau, sortit et referma la porte. Lorsqu'elle fut à nouveau seule, Patricia descendit les stores et s'autorisa un temps de chagrin. Trop, c'était trop, elle n'arrivait plus à faire face. L'exécution de Paul, la colère de Lisa, leurs disputes, son adhésion médiatisée à LIVOVI et maintenant son départ de la maison.

Et Greg. Greg qui n'est jamais là, Greg et son foutu travail ! Il était marié avec bien avant qu'il ne fasse ma connaissance songea Patricia. De rage elle attrapa son mug de thé qu'elle jeta violemment contre la bibliothèque en acajou qui agrémentait son bureau. Il se brisa. Ça et les larmes qu'elle avait versées, ça lui faisait du bien.

Elle regarda autour d'elle, son magnifique bureau dans sa magnifique galerie dans un magnifique quartier. Un des premiers cadeaux de Greg après leur mariage.

Il lui avait offert le job de ses rêves, comme ça. Il lui avait suffit de racheter les parts d'un de ses amis pour que le nom de Palmer s'ajoute à celui des prestigieux associés qui géraient la galerie.

Pour autant cela n'avait pas été facile pour Patricia d'être ainsi parachutée. Elle savait bien que derrière les sourires et les amitiés surfaites subsistait une forme de mépris. Dans ce petit monde elle ne devait sa considération qu'à la formidable influence dont jouissait son mari. À vrai dire elle devait presque tout dans sa nouvelle vie à l'incroyable richesse de Greg.

Elle sentit l'amertume monter, elle s'en désolait d'autant plus qu'elle ne doutait pas de la sincérité des sentiments qu'ils pouvaient éprouver l'un envers l'autre. Pourquoi fallait-il que les choses soient aussi compliquées ? Elle regarda l'heure, la pause déjeuner approchait, pourquoi ne pas en profiter pour aller courir ? Elle en avait besoin et ne se cachait pas du fait qu'il y avait tout de la fuite dans ce comportement.

Patricia ramassa les morceaux de son mug brisé puis elle se recomposa un sourire de façade avant de remonter les stores. Elle s'était dérobée pendant quelques minutes au diktat de la transparence ce qui ne manquerait pas de faire jaser.

***

La réunion se tenait dans le bureau de *One*. Plus précisément, dans une salle qui avait été aménagée et occupait l'autre moitié du wagon dans lequel *One* avait son bureau. En entrant, Paul dû se faire violence pour réprimer l'attitude réflexe qui aurait consisté à détourner le regard. L'étrangeté du visage de *One* le mettait toujours mal à l'aise même s'il constatait que son aversion s'atténuait.

One le gratifia de son sourire métallique, « je suis content de vous revoir Paul. » Les personnes conviées s'installèrent. En plus de Henk et Eliah, il y avait autour de la table une femme d'une cinquantaine d'années au physique vigoureux et à la mâchoire anguleuse. Paul l'avait croisé plusieurs fois sans avoir eu l'occasion de faire sa connaissance. *One* se chargea des présentations : « Je vous présente Sarah, une ancienne prescrit comme vous et moi. Sarah travaillait dans l'armée. Peu de temps après avoir refusé une promotion qui l'aurait amenée à intégrer la division spéciale – et s'en être expliquée publiquement – elle a développé un lymphome… Vous connaissez la suite. » « Oui malheureusement » répondit Paul en serrant la main de Sarah. Le silence se fit, tout le monde regardait *One*.

– Sarah, pourrais-tu nous parler de ce que tu as découvert dans le cadre de ta mission ?

– Bien sûr. Comme vous le savez, *One* m'a demandé de remonter la filière du D-hope. J'ai donc demandé à deux de mes hommes de se faire passer pour des consommateurs…

– Excusez-moi, interrompit Paul, puis-je savoir quel est votre objectif en remontant cette filière ?

One se chargea de lui répondre.

– Paul, sans le soutien de l'opinion ou a minima d'une partie non négligeable de l'opinion, nous ne parviendrons pas à renverser LIVOVI. De ce point de vue, le D-hope est une véritable calamité. En voyant les prescrits sous l'emprise de cette substance, les gens mettent de la distance. Ils ne sont plus capables de s'identifier et se mettent à rejeter les prescrits.

Je suis convaincu que nous ne gagnerons pas notre combat si nous ne parvenons pas à endiguer ce fléau.

Qui plus est, j'ai l'intime conviction qu'il existe un

lien direct entre le D-hope et LIVOVI. Ce n'est pas un hasard si cette molécule a commencé à se répandre dans les rues au moment où le nombre de cérémonies de retrait s'est mis à croître significativement.

One se tourna vers Sarah et lui fit signe qu'elle pouvait reprendre ses explications.

– Je disais donc que j'ai deux hommes qui se font passer pour des consommateurs de D-hope. Ils ont réussi à gagner la confiance d'un petit dealer de quartier. Par ce biais, ils ont pu localiser une planque, un stock intermédiaire dans lequel viennent s'approvisionner tous les dealers d'un secteur. Malheureusement, partant de là, impossible de remonter plus loin. Ils ne savent pas par quel moyen s'effectuent les livraisons, ni à quel moment.

On commençait sérieusement à douter de l'utilité de la mission lorsqu'il y a eu du nouveau : des problèmes d'approvisionnement sont apparus.

Il y a une semaine, les choses se sont accélérées : face à la forte demande de D-hope, la planque s'est retrouvée totalement à sec. Notre ami dealer était au désespoir de ne pouvoir honorer les commandes de ses clients. C'est alors qu'il a eu vent d'un nouveau point d'approvisionnement.

Certains dealers court-circuitent les intermédiaires et se rendent directement, au milieu de la nuit, sur l'un des sites de production pour y chercher du D-hope. Cette vente directe semble être à l'initiative d'un responsable d'équipe de nuit qui travaille sur le site et n'aurait pas résisté à la tentation d'arrondir ses fins de mois en détournant une part infime de la production. Toujours est-il que mes gars ont suivi leur dealer et identifié le site en question. Vous ne devinerez jamais de quoi il s'agit.

– Effectivement, pas la moindre idée, répondit Eliah. Arrête de nous faire languir Sarah, partage tes infos.

– Il s'agit d'une usine de production de médicaments appartenant au groupe Bulsom, conclut triomphalement Sarah.

– Bulsom ! On parle bien du géant des technologies androbots ? intervint Henk.

– Tout à fait, répondit Sarah qui savourait son petit effet.

Cette confirmation fut accueillie par un silence perplexe jusqu'à ce que *One* prenne la parole :

– Paul, vous avez côtoyé Greg Palmer de près. Pensez-vous qu'il puisse tremper dans ce genre d'affaires ?

Paul sembla mal à l'aise face à cette question, il hésita sur la réponse à donner.

– Pour le peu que je sais de lui, ce ne sont pas les scrupules qui l'ont freiné dans sa fulgurante ascension... De là à tremper dans du trafic de drogues, je ne saurais dire.

– D'accord. Henk, penses-tu pouvoir réussir à pirater le réseau informatique de Bulsom ? Il nous faut plus d'informations sur ce site et sur l'implication du groupe dans le trafic de D-hope.

– Ça ne va pas être facile, répondit Henk. On parle du réseau d'un géant de l'électronique là, pas de l'infrastructure administrée par des fonctionnaires du gouvernement central. C'est un autre calibre.

– Travaille sur la question s'il te plaît, c'est décisif.

Lorsque la réunion fut finie, Paul alla à la rencontre de *One*.

– Je voulais vous voir au sujet de ma fille, Eliah m'a

dit que vous pourriez peut-être m'aider.

– Evidemment Paul.

– Que me conseillez-vous de faire ? Lisa s'est exposée et je crains le pire pour elle.

One sembla méditer quelques instants sur la question avant de s'adresser à Paul.

– A vrai dire, je ne vois qu'une chose à faire : il faut qu'elle se mette au vert. Qu'elle se fasse oublier le temps que le battage médiatique retombe. J'ai un ami qui possède une belle propriété dans un coin perdu, un endroit coupé du monde. Lisa y sera très bien et pourra y rester aussi longtemps que nécessaire.

– Encore faut-il qu'elle accepte de s'y rendre.

– Nous trouverons un moyen de la convaincre. Mais je vais être clair, à ce stade il n'est pas question pour vous d'entrer directement en contact avec elle. Le risque est trop grand pour notre organisation.

– Entendu, je comprends.

20

En sortant des toilettes, Greg se fit la note mentale de prendre un rendez-vous chez son néphrologue, c'était peut-être la dixième fois qu'il allait uriner aujourd'hui. Il avait souffert par le passé d'une insuffisance rénale qui avait abouti au remplacement de l'un de ses reins par un greffon de synthèse. Depuis, il bénéficiait d'un suivi régulier pour s'assurer du maintien de sa fonction rénale, l'envie fréquente d'uriner faisait partie des signes à surveiller.

Il fut presque surpris par son reflet dans le miroir tant il avait mauvaise mine. La fatigue avait encore accentué ses rides et ses cernes et il se trouvait extrêmement pâle. Il s'approcha du plan massif en marbre marron impérial sur lequel était posée une élégante vasque en laiton qui créait un contraste raffiné de tons or. Cette salle de bain privative avait été réalisée sur mesure, Greg y accédait par une porte coulissante dissimulée dans une des parois de son bureau. Après s'être lavé méthodiquement les mains, il se passa un peu d'eau sur le visage.

Il prit le temps de s'observer, ce qu'il ne faisait que très rarement, se contentant la plupart du temps de flatter ses tendances narcissiques par des signes ostentatoires de richesse. Soudain il réalisa qu'à l'évidence de sa fatigue physique s'ajoutait une fatigue psychique dont il n'avait pas soupçonné l'ampleur. Une immense lassitude s'empara de lui. Que pouvait-il encore attendre de l'existence ? Il avait tout, absolument tout ce que la richesse matérielle pouvait lui offrir. À presque 85 ans il avait la sensation d'avoir expérimenté l'intégralité de ce que la vie lui autorisait. La capacité à éprouver des plaisirs simples lui était devenue quasiment inaccessible.

Il y avait une supercherie à la prolongation de la vie, si tous ses organes pouvaient être régénérés ou changés comme les pièces mécaniques d'une machine, il aurait toujours l'âge de sa conscience. Il n'existait à l'heure actuelle aucune solution technologique permettant la régénération de la conscience.

Greg fut pris de panique, ses attaques de lassitude se multipliaient ces temps-ci, se pouvait-il que ce soit la dépression qui le guettât ?

Il convoqua mentalement l'image réconfortante de Patricia. Elle avait fait irruption dans sa vie à un moment où il traversait une crise dépressive particulièrement sévère et elle avait tout changé à l'époque. Ce n'était qu'en sa compagnie qu'il retrouvait subrepticement le chemin des joies simples.

Il songea qu'il avait négligé sa femme dernièrement, la faute en revenait pour partie à cette petite emmerdeuse de Lisa. Qu'est-ce qui lui avait pris d'automutiler sa durée de vie alors qu'elle pouvait bénéficier de l'opulence dont Patricia et lui-même jouissaient ? Par association d'idées successives, il passa de Lisa à LIVOVI, de LIVOVI aux prescrits et pour finir des prescrits au D-hope.

Ses soucis immédiats remontèrent. Alors qu'il se trouvait sur le toit du monde, Greg eut un terrible pressentiment. Il entrevit la possibilité de sa chute. Trop de risques avaient été pris. Comment avait-il pu se retrouver pris au piège d'une telle situation ? Obligé d'honorer les exigences prodigieuses du mystérieux responsable de LIVOVI sous peine de se faire griller.

Il connaissait pertinemment la réponse, il avait il y a plusieurs années demandé une faveur très spéciale. Ce faisant, il avait mis le doigt dans un redoutable engrenage qui l'avait conduit à la situation actuelle.

Il s'essuya le visage avec une serviette, pressa le bouton qui actionnait le mécanisme de la porte coulissante et pénétra dans son bureau.

D'une pression sur la zone tactile de son bureau il appela son assistante Ronnie.

– Oui Monsieur Palmer, que puis-je faire pour vous ?

– Quel est mon agenda pour demain soir ?

– Vous avez une réunion avec le chef du personnel à 19 heures.

– On annule, vous me recalerez ça plus tard. Prenez-moi une réservation pour deux personnes chez Misaki.

– Effectuer une réservation chez Misaki la veille pour le lendemain ? Mais il faut s'y prendre plusieurs semaines à l'avance pour avoir une table.

– Dîtes que c'est pour Greg Palmer et sa femme. Misaki ne peut pas me refuser ça, je suis son actionnaire majoritaire.

– C'est noté Monsieur, autre chose ?

– Non ce sera tout, merci Ronnie.

***

Paul, Henk et Eliah terminaient leur déjeuner à la cantine-restaurant. Alors qu'ils attendaient le café, Paul questionna Henk sur ses recherches pour parvenir à pirater le réseau informatique de Bulsom.

– C'est très complexe, il y a de multiples sécurités. Pour commencer ils ont deux réseaux. Seul l'un d'entre eux est ouvert, bien évidemment c'est celui qui ne contient aucune information sensible.

Le réseau qui nous intéresse est un réseau totalement fermé. Pour pouvoir y intercepter de l'information, il faut se logger directement sur un terminal connecté, ce qui revient à dire qu'il faut que je sois physiquement infiltré sur un site de Bulsom. Ce n'est pas une mince affaire. Quand bien même cette difficulté serait surmontée, il faut que je passe la barrière de l'authentification pour pouvoir me connecter au serveur et que le terminal utilisé dispose de droits d'accès suffisants pour effectuer des recherches sur l'ensemble des répertoires.

On peut supposer que le nombre de terminaux disposant de ces droits est extrêmement restreint, je dirais que cela doit se limiter à Palmer et une poignée de ses plus proches collaborateurs. Je pourrais toujours essayer de pirater les droits mais il n'y a aucune garantie de réussite et ce serait très risqué car cela impliquerait de passer un temps considérable sur site.

– Il y a forcément des vulnérabilités, dit Eliah. Il y en a toujours.

– En l'espèce, je n'en ai identifié qu'une, si on peut appeler ça une vulnérabilité. Greg Palmer dispose d'un terminal à son domicile qui lui permet de se connecter au serveur. Il s'agit d'un terminal disposant de droits d'accès étendus.

– Encore faut-il réussir à entrer chez Palmer, fit remarquer Eliah.

– Il y a plus, poursuivi Henk. Palmer ne peut se connecter de chez lui qu'à la condition expresse que la connexion soit autorisée via un terminal directement implanté sur site. En d'autres termes et à supposer que je parvienne à utiliser le terminal de Palmer, il faut que quelqu'un soit infiltré sur site pour, au moment où j'essayerai de me connecter, autoriser l'accès.

– Autant dire que cela relève quasiment de la mission impossible, dit Eliah perplexe.

Paul semblait absent, perdu dans ses pensées, le regard dans le vide.

– Tu es avec nous Paul ? questionna Henk

– Paul ? enchérit Eliah

Doucement, Paul releva les yeux. Il observa ses amis, l'air azimuté.

– Il faut persuader Patricia de nous aider.

Henk et Eliah se regardèrent, interloqués.

– On parle bien de Patricia la femme de Greg Palmer là ? fit remarquer Henk.

– Oui, confirma Paul calmement. On parle aussi de Patricia mon ex-femme et surtout de Patricia la mère de ma fille. Le sort des prescrits ne peut pas lui être indifférent.

– Ça vaut peut-être le coup d'essayer, reconnu Eliah. Si on l'amène à comprendre le fléau que constitue le D-hope et qu'on lui indique que nos soupçons pèsent sur Bulsom et non directement sur Palmer, peut-être qu'elle acceptera de nous aider… Mais comment entrer en contact avec elle et surtout comment la convaincre de nous parler ?

– J'y ai déjà réfléchi, répondit Paul. Tu pourrais

l'intercepter à la sortie de sa galerie d'art et lui dire que tu as besoin de lui parler au sujet de sa fille. Tu as presque le même âge que Lisa, elle imaginera sans doute que tu es une amie de la fac.

En plus, c'est un prétexte qui n'est pas loin de la vérité. Dans la mesure où Lisa a choisi d'être prescrit, les effets dévastateurs du trafic de D-hope la concernent, même si c'est indirect.

– Et comment pourrait-elle nous aider à pirater le réseau informatique de Bulsom ? questionna Eliah, à supposer que j'arrive à la persuader.

– Je te donnerai un micro-dispositif, intervint Henk. Si elle accepte de nous aider, elle n'aura qu'à le relier au terminal de Greg dans leur villa et je pourrai me connecter à distance.

– Admettons que ça marche, poursuivit Eliah. Qui infiltrera un site de Bulsom pour autoriser la connexion ? Tu as dit toi-même que c'était indispensable.

– Je crois que j'ai ma petite idée là-dessus, répondit Henk en regardant Paul avec un sourire.

Après un temps de réflexion, Eliah reprit la parole.

– Quelle garantie avons-nous qu'elle n'est pas elle-même impliquée ? Nous devons considérer toutes les éventualités. Si on établit le contact avec elle, on prend aussi le risque de s'exposer.

– Eliah ! Tu parles de la femme avec laquelle j'ai vécu pendant 25 ans. Son sens moral ne fait aucun doute pour moi, rétorqua Paul.

– Peut-on seulement vraiment connaître les gens ? Après tout elle a épousé Palmer, qu'est-ce que son sens moral lui dictait à ce moment ?

– Je ne sais pas ! Nous traversions une période très difficile ! Elle avait peut-être tout simplement besoin de réconfort ? Ce que je peux te dire c'est que même si la vie nous a éloignés, aujourd'hui encore elle a toute ma confiance.

– Je peux faire une suggestion ? tenta Henk qui voulait apaiser la situation. Eliah tu n'es pas obligée d'avancer tes cartes tout de suite, tu peux établir le dialogue avec elle et tenter de te faire ta propre opinion. Tu le fais bien lorsqu'il s'agit de prescrits que nous voulons extraire, à bien y regarder la situation n'est pas si différente.

– OK, conclut Eliah. Si *One* valide le plan, je suis prête à tenter le coup.

21

En sortant de la salle de sport où elle s'était astreint à ses deux heures d'exercice quotidien, Sarah aperçut plus loin sur le quai un androbot à la démarche mal assurée. Un petit attroupement s'était formé et s'amusait de la maladresse du bot qui avait manqué chuter à plusieurs reprises. Sarah s'approcha pour tenter de comprendre de quoi il retournait. « Que se passe-t-il ? » questionna-t-elle. Dans un léger bruit de moteurs électriques et de vérins hydrauliques l'androbot pivota pour lui faire face.

– *Oh, c'est toi ! Bonjour Sarah.*

– Paul ?

Elle avait reconnu sa voix en dépit de sa tonalité légèrement modifiée par le dispositif audio chargé de la retransmettre.

– Tu t'essayes au pilotage d'androbots ? poursuivit-elle.

– *En effet, c'est une idée de Henk.*

– Je me demande ce que vous avez en tête.

– *Si tu veux bien m'aider à regagner le poste de contrôle sans encombre, je suis tout à fait disposé à te l'expliquer.*

Sarah guida l'androbot piloté par Paul le long du quai. La scène avait quelque chose de loufoque ; un robot androïde dont la taille était celle d'un homme adulte plutôt robuste, tenu par la main et assisté dans sa progression comme si c'était un jeune enfant.

Lorsqu'ils arrivèrent à proximité du wagon, Paul eut toutes les difficultés du monde à piloter l'androbot de manière à ce que ce dernier monte à l'intérieur. Il y avait un léger décalage entre le niveau du quai et celui du plancher du wagon. Sarah qui l'avait précédé fit ce qu'elle put pour soutenir l'androbot qui finit par entrer à l'intérieur du poste de contrôle.

Paul fut profondément troublé par ce qu'il vit. L'image projetée dans le masque de réalité virtuelle – qui correspondait à ce que voyait l'androbot – était celle de Paul, c'est-à-dire de lui-même, installé dans la cabine de pilotage d'androbot.

Au travers du regard de l'androbot, il s'observait en train de s'observer. Il fit passer sa main devant le casque de réalité virtuelle et vit la main de l'androbot passer dans son champ de vision en même temps qu'il se voyait effectuer le mouvement en arrière-plan.

Henk et Sarah entendirent Paul et le bot s'exprimer en stéréo : « Je suis en plein trouble métaphysique. Je suis en train de m'observer qui pilote le bot qui me regarde… »

– J'avais oublié de te prévenir, intervient Henk. Tu es passé de l'autre côté du miroir ! Enlève le masque, tu vas tout de suite te sentir mieux.

Paul s'exécuta.

– Merci, je dois dire que c'est assez perturbant, dit-il en regardant l'androbot avec un mélange d'affection et de méfiance.

– Ton pilotage est encore assez laborieux mais, pour une première, tu t'en es plutôt bien sorti.

– L'un d'entre vous peut-il m'expliquer à quoi tout cela rime ?

Paul et Henk tournèrent la tête de concert pour observer Sarah, les poings sur les hanches. Tout à leur conversation, ils en avaient presque oublié sa présence.

– Je te présente notre nouvel agent infiltré, fit Henk en désignant théâtralement Paul et l'androbot. J'ai besoin d'avoir quelqu'un dans les murs de Bulsom lorsque j'essayerai de pirater leur réseau informatique.

– Bulsom dispose de son propre atelier pour réaliser des réparations ou des opérations de maintenance sur les androbots équipés de leurs technologies de préhension humaine. Henk a donc eu l'idée géniale de déposer un de ses androbots modifiés pour une révision, poursuivit Paul.

– Les androbots ont été conçus pour fonctionner de manière autonome, il m'a fallu beaucoup de travail pour parvenir à les modifier et avoir la capacité de les piloter à distance. Personne ne soupçonnera qu'une fois notre androbot introduit par les équipes de maintenance dans l'atelier de Bulsom nous pourrons en prendre le contrôle à distance.

– Le bot risque tout de même d'être identifié, les sites de Bulsom doivent être très sécurisés, objecta Sarah.

– Tu as raison mais je pense que nous n'avons pas le choix, il nous faut prendre ce risque si nous voulons pirater le réseau de Bulsom.

– Quel risque ? interrogea une voix en provenance du sas d'entrée du poste de contrôle.

C'était Eliah qui rentrait de sa mission en surface.

Sarah et Henk se chargèrent de lui résumer la discussion qu'ils venaient d'avoir. Eliah opina à plusieurs reprises, lorsque Sarah et Henk eurent fini leurs explications, elle prit la parole : « je pense qu'il est temps que nous exposions tous les détails du plan à *One*. » Paul la regarda, incapable de résister plus longtemps à sa curiosité, il l'interpella :

– Tu as pu lui parler ?

– Oui j'ai réussi à approcher Patricia. Même s'il ne fait pas de doute qu'elle traverse une période difficile, c'est une femme très aimable.

– Comment a-t-elle réagi ? poursuivit Paul.

– Elle est restée relativement impassible, mais j'ai tout de même perçu le trouble que suscitaient mes révélations sur le D-hope et les soupçons qui pèsent sur Bulsom. Je pense pouvoir dire sans me tromper que si Palmer est à la manœuvre, elle n'en a jamais rien su.

– Je te l'avais bien dit, répondit Paul triomphalement.

***

La luxueuse berline de Greg traversait l'hypercentre à vive allure. Ils avaient emprunté le couloir aérien supérieur, celui qui desservait les centres d'affaires et les établissements de luxe, le seul à être payant.

En journée on pouvait y croiser quelques hommes d'affaires encravatés à bord d'aéro-taxis, des livreurs et des nuées de drones-coursiers, mais à la nuit tombée ce faible trafic s'atténuait encore.

Dans l'habitacle le silence était dense. Patricia aurait aimé profiter de cette soirée, cela faisait tellement longtemps qu'ils n'avaient pas pris un peu de temps juste pour eux. Mais rien à faire, elle tournait et retournait dans sa tête les propos que lui avaient tenu cette jeune femme.

La possibilité que Bulsom, le groupe dirigé par son mari, soit impliqué de près ou de loin dans du trafic de drogues – qui plus est une drogue qui dévastait les prescrits – lui était insupportable. Elle n'avait jamais mis son nez dans les affaires de Greg, c'était une sorte de pacte silencieux entre eux. C'est au travail qu'ils s'étaient rencontrés mais c'était à l'époque de l'ancienne vie de Patricia, celle d'une technicienne de production sous-payée qui travaillait dans une usine Bulsom. Il l'avait vu, il lui avait fait la cour, il l'avait épousé et lui avait offert une vie de nantie. Patricia avait pris sans trop d'états d'âme, après l'éloignement de Paul et le sentiment d'abandon qui l'avait accompagné, elle ne boudait pas son plaisir d'être ainsi gâtée. Greg lui apportait une sécurité qui allait au-delà de l'aisance matérielle, elle sentait qu'il était prêt à tout mettre en œuvre pour son bonheur. Mais si un seul des soupçons que faisait peser cette fille sur Bulsom était fondé, il fallait qu'elle le sache.

Lorsqu'ils furent à proximité immédiate de l'immeuble au sommet duquel Misaki avait son restaurant, Greg lança la procédure de parking. La berline s'engagea dans une alvéole libre. Dès que le véhicule fut stationné, une paroi de verre referma l'alvéole qui se trouvait à 800 mètres du niveau du sol. Greg sortit, il fit le tour du véhicule et proposa son bras à Patricia. Ensemble ils franchirent les quelques mètres qui les séparaient des ascenseurs. La montée jusqu'au dernier étage fut rapide. La porte de l'ascenseur s'ouvrit directement sur le restaurant, la cheffe Misaki en personne vint les accueillir et les installa à sa plus belle table. En mezzanine, légèrement en retrait mais avec une vue imprenable sur la verrière panoramique. C'était spectaculaire, une vue parmi les plus prisées de la ville haute.

Lorsque l'apéritif fut servi, Greg tenta de briser la glace.

– Alors ma chérie, comment s'est passée ta journée ? Combien d'œuvres d'art scandaleusement chères as-tu vendu ?

– Le climat des affaires est plutôt morose en ce moment.

– Surprenant, ce n'est pas du tout ce que me disait Patrick il y a encore quelques jours.

– C'est une conjoncture très personnelle si tu vois ce que je veux dire…

– Lisa… répondit Greg passablement irrité par la tournure que prenait la conversation.

En venant ici il espérait qu'ils laisseraient leurs soucis au vestiaire, qu'ils s'en débarrasseraient comme de leurs encombrants manteaux d'hiver au moins pour le temps du dîner.

– Comment va-t-elle ? poursuivit-il de mauvaise grâce.

– J'aimerais beaucoup le savoir, elle ne répond plus à mes appels.

Lui qui voulait détendre l'atmosphère, c'était visiblement raté. Vite un autre sujet pour chasser ces mauvaises ondes. Mais c'est Patricia qui reprit la parole : « J'ai lu dans le journal que de plus en plus de magasins refusaient l'accès aux prescrits. C'est illégal bien sûr, mais visiblement il y a eu trop de dérapages de prescrits sous l'emprise de cette nouvelle drogue, tu sais le D-hope ? Les commerçants en ont eu assez » La remarque était en apparence innocente mais un petit signal d'alarme se mit à retentir dans la tête de Greg.

« Oui j'en ai entendu parler » répondit-il vaguement.

– Comment peut-on faire ça ? questionna Patricia.

– De quoi tu parles ma chérie ? Je ne suis pas sûr de te suivre, dit Greg qui commençait à être nerveux.

– Abuser la détresse de ces pauvres gens en leur vendant de la drogue, répondit-elle en le fixant intensément.

Ce fut presque imperceptible, si elle ne le connaissait pas aussi bien, Patricia ne s'en serait même pas aperçu. Mais dans la manière dont Greg pris son inspiration avant de répondre, dans la manière dont il détourna son regard avant de revenir à l'assaut, dans la manière dont il prit son menton entre ses doigts, Patricia lut le mensonge. Une attitude que Greg réservait aux affaires pour des négociations tendues et qu'il lui avait jusqu'alors épargné. Elle sentit un peu de sa férocité sourdre lorsqu'il lui répondit.

– Je ne sais pas. Peut-être que l'on peut s'enlever un peu du poids de la misère de la société et profiter de notre soirée ?

– Excuse-moi, tu as sans doute raison, je suis très fatiguée et tendue en ce moment.

Elle n'avait plus aucun appétit, elle n'avait qu'une envie c'était de fondre en larmes. Elle n'en fit rien, il fallait sauver les apparences.

***

« Comment saura-t-on si elle accepte de nous aider ? » c'était *One* qui posait la question. Henk, Paul, Eliah et Sarah se trouvaient dans la salle de réunion attenante à son bureau. Ils l'avaient informé des derniers développements et lui avaient exposé les détails opérationnels du plan visant à pirater le réseau informatique de Bulsom. *One* conduisait la phase d'analyse critique, Eliah se chargea de lui répondre : « Je lui ai remis le micro-dispositif confectionné par Henk. Si Patricia le connecte et qu'elle l'active, Henk captera le signal. »

La revue opérationnelle se poursuivit. Lorsque tous les risques furent analysés, les pistes d'améliorations discutées et entérinées, *One* conclut la réunion : « Bien ! Je pense que l'on a revu tous les aspects du plan, il nous faut maintenant déposer l'androbot à l'atelier de réparation de Bulsom et espérer que Patricia décide de nous aider. »

Alors que les participants sortaient de la salle, One retint Paul.

– Je pense avoir trouvé une solution au sujet de Lisa. Un de mes soutiens est ami avec le doyen de la fac de droit qui se trouve également être le professeur de droit pénal de Lisa.

– Vous parlez de Monsieur Butkovic ? C'est un des professeurs préférés de Lisa, elle le considère comme une sorte de mentor.

– C'est bien de lui qu'il s'agit. Mon soutien l'a contacté, il s'est dit prêt à parler à Lisa et à tenter de la convaincre de se mettre en retrait, le temps que la médiatisation de son adhésion à LIVOVI retombe.

– Merci *One*, vous ne pouvez pas imaginer le soulagement que cela me procure. Je pense qu'il saura trouver les mots pour la convaincre.

22

Paul et Henk essayaient de tuer le temps au poste de contrôle, quinze heures s'étaient écoulées depuis qu'ils avaient reçu la confirmation d'Eliah que l'androbot avait été pris en charge par les équipes de maintenance de Bulsom. Classiquement, une maintenance prenait entre 48 et 72 heures. La fenêtre d'action était donc entamée et plus le temps passait, plus le risque était grand qu'elle se referme sans qu'ils aient eu l'occasion de lancer l'opération.

Ils étaient tous conscients de ce risque mais il leur avait semblé préférable d'anticiper l'infiltration de l'androbot pour pouvoir agir vite si Patricia se décidait à connecter le micro-dispositif. Dans le pire des cas, ils récupéreraient l'androbot et échafauderaient un nouveau plan.

Henk était très agité, il ne cessait de consulter son visiophone et les différents écrans de ses terminaux informatiques. Puis il se levait, procédait à des vérifications sur ses androbots dans le wagon voisin, revenait sur ses ordinateurs et ainsi de suite. Cette débauche d'énergie commençait à porter sur les nerfs de Paul.

– Qu'est-ce que tu fais ? Tu ne peux pas juste attendre tranquillement ?

– Non je ne peux pas. Clairement, c'est au-dessus de mes forces. Je suis obligé de m'occuper sinon je vais devenir fou à attendre une chose dont la réussite de notre plan dépend mais qui n'est pas à notre main.

– Et on peut savoir à quoi tu t'occupes ?

– À mon graal.

– D'accord... Ce serait trop te demander que d'être un peu plus précis ?

– Je t'en ai déjà parlé, tu sais bien, le piratage d'androbots ! Je viens de réaliser que si nous parvenons à récupérer les plans des dernières technologies développées par Bulsom, j'aurais peut-être accès à ce dont j'ai besoin pour pouvoir prendre le contrôle de n'importe quel androbot à distance.

– Ce serait incroyable mais comment comptes-tu procéder exactement ?

Henk interrompit Paul d'un doigt levé, une fenêtre de notification venait de s'ouvrir sur un de ses écrans. Il effectua quelques opérations sur son clavier. Une nouvelle fenêtre s'afficha. Soudain un sourire apparut sur ses lèvres, il tapa dans ses mains, serra les poings en l'air et se retourna vers Paul : « Patricia vient de nous ouvrir la porte ! »

***

L'opération fut planifiée pour la nuit suivante. Paul sentit la tension monter, il avait le trac et se demandait s'il serait à la hauteur. Dans la soirée, tandis que tout était prêt, Eliah les rejoignit.

– Qu'est-ce qu'on attend ? demanda-t-elle.

– Que Monsieur Palmer daigne se coucher, répondit Henk sarcastique. Ce type est désespérant, il est rentré chez lui à 20 h 47. À 21 h 15 il était déjà connecté sur son terminal.

Il est maintenant – Henk regarda l'heure sur l'un de ses écrans – près de 22 h et il est toujours en train de bosser. En ce moment il consulte les chiffres de ventes du tout nouveau module Bulsom.

Henk désigna du doigt un écran qui dupliquait l'affichage du terminal de Palmer.

– Bon démarrage pour un produit lancé il y a à peine 2 semaines, analysa-t-il en fin connaisseur du marché des androbots.

– Vous devenez intimes Palmer et toi, railla Eliah. Comment se fait-il que tu aies une connaissance aussi précise de son emploi du temps ?

– On l'a vu entrer chez lui en piratant le signal vidéo de son androbot. Pour le reste je ne fais que suivre son activité sur son terminal.

– Avez-vous aperçu Patricia dans le champ visuel de l'androbot ? interrogea Eliah, je suis inquiète pour elle, ça n'a pas dû être facile de prendre cette décision.

– Je pense comme toi, répondit Paul.

Après avoir laissé passer un court instant il reprit :

– On ne l'a pas vu, ce qui ne veut pas dire qu'elle n'est pas à la villa. Ce que l'on peut affirmer en revanche c'est qu'ils n'ont pas dîné ensemble. Greg s'est fait servir un sandwich par l'androbot. Depuis c'est écran noir.

Paul voulait dire par là que l'androbot avait passé le reste de la soirée remisé derrière son sas à attendre des instructions.

***

À 22 h 30, Paul revint de la cantine-restaurant avec des cafés, la nuit promettait d'être longue. Il entra dans le poste de contrôle et distribua les tasses encore fumantes à Eliah et Henk.

– Il y a une chose que j'aimerais vous demander, dit Paul en s'asseyant.

– Bien sûr, l'encouragea Henk, de quoi s'agit-il ?

– Comment avez-vous fait la connaissance de *One* et qu'est-ce qui vous a poussé à rejoindre le réseau ?

Henk et Eliah s'apprêtaient à répondre en même temps, Eliah s'en rendit compte et fit signe à Henk : « après toi. »

– Je travaillais déjà pour *One* à l'époque où il était politicien. J'étais informaticien et analyste dans l'équipe d'Arthur Colat comme il se faisait appeler à l'époque.

– C'est toujours son vrai nom, intervint Eliah, je dirais plutôt que c'est aujourd'hui qu'il se fait appeler *One*.

– Tu as raison, concéda Henk. Toujours est-il que j'ai été extrêmement peiné lorsqu'Arthur a développé sa maladie. J'ai essayé de maintenir le contact mais à un moment il a fallu que je trouve un autre travail et progressivement nous nous sommes perdus de vue.

J'ai été programmeur pour une firme d'Intelligence Artificielle pendant un temps. Puis, il y a quelques années, j'ai été approché par Eliah. Cette fille mystérieuse m'a parlé de LIVOVI, des prescrits, de l'inégalité inconcevable que cautionnait le gouvernement central. Elle me sondait, cherchant à évaluer ma loyauté à l'idéal politique qu'incarnait Arthur Colat et ma capacité à m'engager dans la voie de la clandestinité pour un combat que beaucoup auraient jugé désespéré.

Mes réponses ont dû lui plaire, dit Henk en regardant Eliah avec un sourire, car à un moment donné elle m'a donné un signe irréfutable de l'existence d'Arthur devenu *One*. J'ai été très troublé, j'avais participé à sa cérémonie de retrait et je n'avais pas eu d'autre choix que de me faire à l'idée que je ne le reverrai plus.

– Et quel était ce signe ? questionna Paul.

– Oh, rien de spécial. Nous avions une petite tradition avec Arthur, répondit Henk en se grattant derrière la tête. Je ne sais pas si je dois en parler, c'est plutôt embarrassant.

– Allez, ne te fais pas prier, insista Paul.

– Je suis un fou de voitures. Depuis tout petit, j'ai toujours adoré les belles mécaniques. Arthur était proche de ses collaborateurs. Un soir alors qu'il m'interrogeait au sujet de mes passions, nous avons commencé à discuter voitures. Je dois dire que lui-même était plutôt calé sur la question. Toujours est-il qu'à compter de ce jour, à chaque fois que je terminais une mission pour lui, Arthur m'offrait un modèle réduit d'une voiture de légende. Et donc, pour en revenir à ce fameux jour durant lequel Eliah m'a fait passer une sorte de test que j'ai réussis haut la main, ne voila t'il pas qu'elle sort de la poche de sa veste une Mustang Shelby GT 500 miniature.

– Tu aurais vu la tête de Henk, poursuivit Eliah, on aurait dit qu'il se trouvait nez à nez avec un spectre.

– C'était un peu le cas, fit remarquer Henk avec un grand sourire.

Tous les trois partirent dans un grand éclat de rire. « J'aime beaucoup cette histoire » conclut Paul.

Lorsque le calme fut revenu, il regarda ses camarades, il y avait une autre question qui le travaillait depuis qu'il avait fait la connaissance de *One* mais il n'était pas sûr de pouvoir la poser. Finalement il se lança :

– Pourquoi *One* garde-t-il cette apparence ? Vous avez des moyens, je suis sûr que vous pourriez faire venir un chirurgien qui lui redonnerait un visage plus humain, plus proche de ce à quoi il pouvait ressembler par le passé.

– Ce n'est qu'une simple hypothèse, répondit Eliah, mais je pense que pour lui Arthur Colat est bel et bien mort le jour de sa cérémonie de retrait. LIVOVI lui a trop coûté, il ne veut pas se remémorer son passé de brillant politicien. Tous les jours il contemple la monstruosité de son visage et c'est comme une injonction à agir.

Un silence s'installa dans le poste de contrôle. Paul se tourna vers Henk, « Et toi Henk, qu'en penses-tu ? » Henk s'apprêtait à répondre mais son attention fut captée par l'écran qui dupliquait celui de Palmer. « Il vient de clôturer sa session ! » La décharge d'adrénaline fut immédiate, chacun regagna son poste prestement. Eliah assista Paul qui s'équipait dans la cabine de pilotage d'androbot. Il enfila l'exo-squelette puis le masque de réalité virtuelle. « Je suis prêt ! » dit-il à l'intention de Henk.

– OK, dans un premier temps, je vais t'envoyer uniquement le signal vidéo de l'androbot. Ça devrait être bon… Maintenant.

23

Paul vit l'image se former sur l'écran du masque de réalité virtuelle. Elle ne correspondait pas à celle qu'il avait observée lorsqu'ils avaient effectué un test plus tôt dans l'après-midi. Au début il crut que ce changement était dû à la faiblesse de l'éclairage de l'atelier la nuit mais, passé un moment, il dut se rendre à l'évidence. L'androbot avait été déplacé.

– On a un problème Henk, je ne sais pas où je suis.

– Peux-tu me décrire ce que tu vois ?

– Pas grand-chose pour le moment, je crois distinguer l'arrière d'un bot.

– OK, je vais te donner les commandes afin que tu puisses avoir un visuel plus complet.

Lorsque Henk lui indiqua qu'il avait le contrôle, Paul pivota la tête de gauche à droite puis de haut en bas.

– Je pense que je suis sur une sorte de rack, il y a plusieurs androbots devant et derrière moi et très peu de place pour effectuer des mouvements.

– C'est ce que je vois, répondit Henk. J'ai dupliqué

l'image du signal vidéo sur un de mes écrans. On dirait que l'androbot devant toi est maintenu par une sorte d'ancrage au niveau du dos. Tu dois être fixé de la même manière. Essaie de te tracter avec les bras pour te libérer.

Paul regarda en l'air, il vit une barre métallique. Il leva son bras pour tenter de l'attraper mais dans son mouvement le bras de l'androbot qu'il pilotait heurta le bot qui se trouvait devant.

– Fais attention ! lui dit Henk, tu vas nous faire repérer.

Paul recommença la manœuvre plus doucement, il parvint à attraper la barre métallique et tenta de se tracter dessus. Il se souleva de quelques centimètres mais l'androbot fut retenu par l'attache.

– Je suis bloqué Henk, la fixation est solide.

– Essaie de forcer, il faut absolument que tu te détaches.

Dans la cabine de pilotage, Paul reprit le mouvement de traction avec son bras. Il vit la barre métallique à laquelle il était accroché ployer sous l'effet des puissants vérins hydrauliques qui actionnaient les bras de l'androbot. Brusquement, dans un déchirement métallique, la fixation qui le retenait au rack céda. Paul poursuivit sa traction, l'androbot se hissa et se déporta sur le côté. Paul lâcha la barre et au moment précis où l'androbot allait toucher le sol, il plia les jambes de manière à assurer sa réception.

– Bien joué, fit Eliah. Est-ce que tu vois le terminal informatique ?

Paul pivota la tête. « Oui, il se trouve dans une cabine fermée par une paroi de verre. Il y a un lecteur de carte pour en déverrouiller l'accès mais je ne vois pas de carte dans la pièce où je me trouve. »

– Tu pilotes un androbot Paul, lui rappela Henk. Ce n'est tout de même pas une paroi de verre qui va t'arrêter ?

– Es-tu en train de me suggérer de briser la glace ?

– Parfaitement ! Je m'apprête à me logger sur le terminal de Palmer pour lancer la connexion.

Paul s'approcha de la paroi en verre et appliqua la main de l'androbot dessus. Il poussa sur le verre qui résista. Il appliqua une pression plus forte. La paroi de verre résista encore quelques instants à la compression exercée par la main de l'androbot puis, d'un seul coup, le verre explosa et se brisa en miettes. « C'est bon » dit Paul. À peine eut-il fini sa phrase qu'il entendit dans le casque de réalité virtuelle une sirène et perçut les flashs rouges d'un gyrophare qui s'était allumé.

– Dépêche-toi Henk, la sécurité va rappliquer d'une minute à l'autre !

– Je fais ce que je peux, installe-toi au terminal, je ne devrais plus en avoir pour longtemps.

Tout absorbé à sa tâche, Henk était en train de récupérer les identifiants de Greg Palmer stockés sur le terminal informatique. Il entendit la voix de Paul en arrière-plan :

– Je crois qu'on a un problème…

– De quoi s'agit-il ?

– Je vois un androbot.

– C'est normal Paul, tu es dans un atelier de réparation d'androbots.

– Mais celui-ci bouge et se dirige vers moi !

– La sécurité du site est assurée par des androbots, dit Eliah qui observait l'écran. Attention Paul, il y en a un deuxième qui arrive.

Paul se mit en face du terminal, il était cerné par les deux androbots qui approchaient. « Je suis en place ! »

dit-il à l'intention de Henk. « Donne-moi encore 30 secondes » lui répondit ce dernier. Les deux androbots n'étaient plus qu'à quelques mètres, Paul les regarda l'un puis l'autre, ils se préparaient à se saisir de lui afin de l'immobiliser. Lorsqu'il les sentit prêts à jaillir, il fit un saut vers l'arrière. Les deux androbots bondirent et entrèrent en collision, Paul en profita pour leur asséner un coup sur la tête qui les fit basculer au sol.

« Maintenant ! » Il entendit le cri de Henk, vit la fenêtre de validation s'afficher sur le terminal en face de lui. Les androbots au sol s'étaient déjà saisi de ses jambes. Il parvint in extremis à approcher la main du clavier et valida la connexion.

Il discerna la voix de Henk, « c'est bon je suis entré. » Les androbots étaient sur lui, il vit une déflagration et le signal vidéo fut brutalement interrompu. Il souleva le casque de réalité virtuelle, Eliah avait enclenché le dispositif d'auto-destruction du bot qu'avait ajouté Henk sur les recommandations de Sarah.

Paul sortit de la cabine en soufflant péniblement. Jamais il n'aurait imaginé que le pilotage d'androbot puisse s'avérer aussi physique. Il ôta l'exo-squelette et rejoignit Eliah et Henk. Celui-ci était en train de copier de volumineux répertoires informatiques.

– Alors la pêche est bonne ? interrogea-t-il.

– Nous analyserons les documents plus tard mais nous avons déjà identifié les traces d'une comptabilité occulte, répondit Henk.

– Tu as pensé à explorer les dossiers stockés en local sur le terminal de la villa ? Peut-être qu'il y a également des informations intéressantes.

– Allons jeter un œil, fit Henk avec un clin d'œil.

Une nouvelle arborescence s'afficha sur l'écran.

– Là, pointa Eliah, il y a un dossier crypté.

– Je dois avoir exactement le programme qu'il nous faut, fit Henk.

Une fenêtre s'ouvrit dans laquelle il entra quelques lignes de commande avec dextérité. Il lui fallut trois tentatives pour parvenir à casser le chiffrement. Enfin, la liste des fichiers contenus dans le dossier crypté s'afficha en clair.

– Mais de quoi peut-il bien s'agir ? demanda Eliah.

Il y avait divers documents, un fichier sobrement intitulé « Compte-rendu », un fichier graphique qui correspondait au schéma technique d'un stylo injecteur ainsi que plusieurs fichiers portant les noms d'individus.

Paul crut reconnaître un nom, celui d'une personne qu'il avait croisé dans sa vie antérieure mais qu'il n'arrivait pas à remettre. Il continua à parcourir la liste, un deuxième fichier l'interpella. Il sentit son cœur battre plus fort, des connections étaient en train de se faire dans son cerveau. Soudain l'image de la personne dont il n'arrivait pas à se souvenir pris forme dans son esprit. Il s'agissait du Dr Grivel, le médecin du travail chez R-tech pharm, plus exactement le remplaçant du médecin du travail songea Paul. Une terrible compréhension se fit jour. D'un doigt mal assuré, il désigna le fichier intitulé « Compte-rendu ». « Ouvre celui-ci » demanda-t-il à Henk devinant ce qu'ils allaient y trouver.

Le compte-rendu était très succinct. Sur la première ligne on pouvait lire le nom du patient qui était celui de Paul, la date était antérieure de quelques mois à son adhésion à LIVOVI et en dessous cette simple phrase : « inoculation du virus confirmée. »

Avant même qu'ils comprennent de quoi il

retournait, Eliah et Henk entendirent un grondement enfler pour se transformer en un hurlement épouvantable. Ils étreignirent Paul et tentèrent de l'apaiser alors qu'il laissait libre cours à un torrent de douleur et de rage. Jamais il n'aurait soupçonné devoir l'anéantissement de sa vie à celui qui était devenu le compagnon de sa femme. Ses yeux étaient ceux d'un fou, sa bouche réduite à une grimace douloureuse convoquait silencieusement la vengeance. Froidement, une obsession s'immisça dans son âme jusqu'à la posséder toute entière : il fallait que Greg paie.

24

– Ne me fais pas chier avec ça, Henk !

– C'est beaucoup trop risqué. Je n'ai pas le droit, il ne s'agit pas du simple piratage d'un androbot cette fois…

– Et qu'est-ce que tu ferais si tu te trouvais à ma place ?

– Et bien…

Henk essaya de réfléchir à toute vitesse à une réponse qui pourrait apaiser son ami. Il regarda Paul et lut dans son attitude toute sa froide détermination, c'était peine perdue. « Je suppose que j'irais demander des comptes à la personne qui a tenté de m'éliminer » concéda-t-il à regret. « Mais ça ne veut pas dire que ce soit la chose à faire ! » s'empressa-t-il d'ajouter.

– C'est la seule chose à faire et tu le sais pertinemment. J'irai confronter Greg avec ou sans ton aide, conclut Paul.

– Ça va, ça va. D'accord, je vais t'aider. Mais je te préviens, ce sera tout sauf indolore.

Paul n'avait quasiment pas dormi après le piratage

du réseau informatique de Bulsom. Toute la nuit il n'avait pensé qu'à une chose : se trouver en face de Greg. Que lui dirait-il ? Que lui ferait-il ? Il s'était joué tant de scénarios durant la nuit. La vérité était qu'il n'en savait rien. Une fois sur place, il aviserait. Aux aurores il était allé trouver Henk pour lui demander de pratiquer des modifications physionomiques temporaires sur son visage.

« Viens, allons à l'atelier » lui dit Henk. Ils effectuèrent le trajet dans le silence. Tous les habitants de la base dormaient à cette heure très matinale. Lorsqu'ils furent entrés dans l'atelier, Henk ouvrit une petite armoire qui contenait des seringues hypodermiques, des compresses stériles ainsi que divers flacons de produits pharmaceutiques. Il prit ce qui lui était nécessaire et le posa sur un plateau. Une fois prêt il regarda Paul, d'un signe de la tête il désigna une sorte de fauteuil de dentiste dans un coin de l'atelier.

« Je m'installe là ? » interrogea Paul. D'un hochement de tête, Henk répondit par l'affirmative.

– Il va falloir que j'immobilise ton visage le temps des injections.

– C'est douloureux à ce point ? demanda Paul, dont la voix trahissait une légère inquiétude.

– Non, mais parfois les produits provoquent des réactions. Et puis, pour te rendre réellement méconnaissable, il faut que je réalise les injections à des points précis.

Paul s'assit dans le fauteuil, Henk fit passer une sangle sur le haut de son front et la serra de manière à bloquer sa tête. Il se lava les mains avec une solution antiseptique et enfila des gants à usage unique. À l'aide d'une compresse stérile imbibée d'alcool, il nettoya les flacons. Puis il sortit les seringues de leur emballage et les remplit de produits. Enfin il désinfecta le visage de Paul aux points d'injections.

– Prêt ?

– OK, vas-y, lui répondit Paul.

Henk commença la série d'injections. Les modifications physionomiques temporaires étaient obtenues par la combinaison de deux types de produit. Le premier, un anesthésique local, entraînait une paralysie temporaire par un blocage réversible de la conduction nerveuse. Ce produit ne causait pas de douleurs particulières mise à part celle liée aux injections elles-mêmes. Le deuxième produit consistait en un extrait bactérien, il provoquait une inflammation et un œdème au point d'injection.

En multipliant les injections, on obtenait une juxtaposition de zones de paralysie et de zones gonflées par des œdèmes, le résultat était un visage transformé, disproportionné, méconnaissable.

Après avoir effectué la dernière injection, Henk ôta ses gants. Il s'approcha du visage immobilisé de Paul « Il faut attendre quelques minutes sans bouger » lui expliqua-t-il. Paul sentit des parties de son visage s'engourdir alors que d'autres le démangeaient. La sensation était plutôt désagréable mais pas trop douloureuse.

Quelques minutes s'écoulèrent, Henk défit la sangle qui maintenait la tête de Paul. Il attrapa un miroir sur le plan de travail qui jouxtait le fauteuil de dentiste. Avant de l'orienter de manière à ce que Paul puisse se voir dedans, il observa le résultat de son travail comme aurait pu le faire un artisan ou un artiste.

« C'est plutôt réussi. Enfin, en quelque sorte… » Henk présenta le miroir à Paul afin qu'il puisse examiner son reflet. Ça ne ressemblait pas à grand-chose, en tout cas pas à Paul et c'était bien le but. Une partie de sa bouche et le bas d'un œil s'étaient affaissés sous l'effet du produit anesthésiant. L'arcade sourcilière du même œil était gonflée tout comme la pommette diamétralement opposée. Le front et la mandibule tuméfiés.

– Ffarmant, tenta Paul.

– Ton élocution va être un peu impactée, juste le temps que tu arrives à compenser la zone de paralysie proche de tes lèvres.

– OK, dit Paul en se relevant. V'ai besoin d'une arme.

– C'est une très mauvaise idée.

Paul ne répondit pas, il se contenta de fixer Henk. Au bout d'un temps assez long, Henk traversa l'atelier et s'approcha d'un placard qu'il déverrouilla, il prit une arme compacte qu'il tendit à Paul. « Fais en bon usage : ne l'utilise pas. »

– Comment comptes-tu t'y prendre pour entrer chez Palmer ? poursuivit Henk.

– Tu defrais pouvoir ouvrir le portail en te connectant à son terminal. Une fois que je serai dans le jardin, Lisa m'a parlé d'une porte dérobée à l'arrière de la maison qu'elle empruntait pour ses fugues.

– Et si la porte est fermée ?

– J'improviserai…

En regardant son ami, Henk fut assailli par un étrange cocktail d'émotions : de l'inquiétude, de l'impuissance, de l'indulgence, beaucoup d'empathie et un zest de fierté.

– Bonne chance Paul, ne fais pas le con.

***

Le caisson s'ouvrit laissant entrer la lumière du jour

qui éclairait la chambre. Greg émergea tant bien que mal. Les stimulations sensorielles d'intensité progressive qui d'ordinaire le tiraient du sommeil, s'avéraient insuffisantes pour le sortir du coma chimique dans lequel le plongeait son cocktail de somnifères. Il se redressa, sortit du caisson et tenta d'étirer son corps engourdi. Le lit de Patricia était déjà fait, il se demanda s'il n'avait pas dormi trop longtemps. Puis il réalisa qu'elle n'était tout simplement pas rentrée de la nuit. Il alla chercher un peignoir à la salle de bain, en revenant il attrapa son visiophone. Il avait manqué plusieurs alarmes ainsi que des appels du responsable de la sécurité de son site de réparation d'androbot. Il s'agissait d'une tentative d'intrusion. Aucun équipement volé concluait le dernier message. Ça pouvait attendre. Il descendit au rez-de-chaussée pour se faire un café.

Il n'aperçut même pas la silhouette qui se trouvait au milieu de la pièce de vie. Arrivé au niveau de la machine à café, il sursauta en entendant une voix derrière lui.

– Pourquoi ?

Greg se retourna et fit face à la silhouette. À en juger par son apparence, c'était un homme, une cagoule recouvrait son visage.

– Qui êtes-vous ? Comment êtes-vous entré ?

– Pourquoi ? répondit la silhouette obstinément.

– Voyons, je ne sais même pas de quoi vous parlez.

La silhouette se rapprocha, enleva sa cagoule et révéla un visage tout en disproportions.

– POURQUOI ?

Soudain la lumière se fit dans l'esprit de Greg. Paul, il avait pratiqué des modifications physionomiques temporaires mais Greg reconnu sa posture, sa corpulence, son attitude, sa voix. Aucun doute possible, il s'agissait de Paul.

– Paul ?

Tu es vivant ! C'est une formidable nouvelle. Ton retrait nous a beaucoup attristé comme tu peux t'en douter.

– Je t'ai posé une question Greg.

– Laisse-moi appeler Patricia, elle sera tellement contente d'apprendre la nouvelle.

Greg fit quelques pas en direction du visiophone puis s'arrêta net. Paul avait sorti de sa poche une arme qu'il pointait dans sa direction.

– D'accord, d'accord. Baisse cette arme, tu veux ? On va discuter.

Greg avait levé les mains en signe d'apaisement.

– Qu'est-ce que tu veux savoir exactement ?

– Je sais tout Greg. La seule chose que je ne comprends pas, c'est pourquoi tu m'as fait ça ? Pourquoi moi ?

– Mais je ne sais même pas de quoi tu parles Paul. Allons, pose cette arme et assied-toi.

– MON CANCER ! Je te parle du cancer que tu m'as inoculé !

Greg se figea à nouveau, il regarda Paul qui le tenait en joue. « Enfin, c'est grotesque » répondit-il tâchant de paraître calme.

– Ne me prends pas pour un con Greg. Le Dr Grivel, ça te dit quelque chose ? Ce médecin que tu as corrompu pour qu'il m'injecte le virus muté.

Greg blêmit, il se souvenait parfaitement du Dr Grivel, mieux encore il connaissait l'homme qui avait utilisé ce nom d'emprunt, il s'était chargé de le recruter. Ce qu'il ne parvenait pas à comprendre c'est la manière dont Paul, qui était censé être mort, avait eu accès à cette information. Il jugea plus sûr d'arrêter de feindre l'ignorance. Compte-tenu des éléments dont disposait Paul, ça ne pouvait qu'accentuer son agacement et il n'est jamais bon d'agacer un mort vivant armé.

– Tu veux savoir la raison pour laquelle j'ai fait appel aux services du Dr Grivel il y a un peu plus de 10 ans, c'est bien cela ?

Comme Paul approuvait d'un signe du menton, Greg poursuivit :

– Disons que tu formais une sorte d'obstacle à quelque chose que je convoitais ardemment.

Paul resta incrédule quelques instants, « Patricia ? » fini-t-il par dire dubitatif. Greg hocha lentement la tête.

– Tu m'as éliminé pour récupérer ma femme ! reprit Paul.

– On pourrait le dire comme ça. Mais, soyons raisonnables Paul, je me suis contenté de donner un petit coup de pouce au destin. Il ne restait qu'un fil ténu entre Patricia et toi.

Paul était abasourdi. Que l'on puisse décider d'éliminer quelqu'un, simplement parce que cette personne risque d'entraver l'assouvissement d'un désir, était tout simplement hors de portée de son système de pensée.

– Je ne comprends pas, dit Paul, si tu voulais te débarrasser de moi tu aurais pu employer des moyens plus expéditifs.

– Certes, et après ? Une enquête de police avec le risque que des traces remontent jusqu'à moi ? Sans compter que Patricia aurait été anéantie, ce qui n'était pas le but recherché. Non, dans ce contexte, j'avais besoin de quelque chose de plus subtil, de moins traumatisant, moins culpabilisant, plus humain en somme.

– Je crains d'avoir un point de vue différent sur la

question... Cela dit, il y a une chose que je ne m'explique pas, tu n'avais aucune garantie que cela fonctionne. Ce drame aurait pu resserrer les liens entre Patricia et moi.

– Ah la vaste blague. Mais, par définition un prescrit n'a plus d'avenir. La seule chose qui lui reste c'est de compter les jours qui le séparent de son retrait. La nature humaine est ainsi faite, jusqu'à ce que la mort vienne nous cueillir, nous nous croyons immortels. Et c'est cette croyance illusoire qui nous laisse imaginer que notre existence n'est pas vaine, qu'elle porte en elle de grandes potentialités. Que nous les exploitions ou pas n'est pas la question, ce qui compte c'est que nous y croyons.

– Ça ne tient pas Greg, l'histoire de l'amoureux éperdu qui empoisonne son rival je n'y crois pas. Tu n'es pas exactement le genre de personne à qui l'épithète de romantique convient. Il va falloir trouver mieux et cette fois-ci tâche d'être convaincant, dit Paul en déverrouillant le cran de sûreté de son arme.

– D'accord, reste calme. Disons que Patricia était une externalité positive, un bonus si tu préfères. Ton nom m'a été donné, j'ai découvert par la suite que Patricia travaillait dans une de mes usines.

– Qui t'a donné mon nom et pourquoi ?

– Je n'en sais rien, je t'assure Paul. Il s'agit de quelqu'un de haut placé au ministère, une personne qui garde jalousement son identité. Je n'ai affaire qu'à des intermédiaires, je ne l'ai jamais rencontré. Ou si, peut-être une fois, mais son identité était masquée. Il avait eu recours à des modifications physionomiques temporaires, comme toi aujourd'hui…

– Tu en sais plus. Qu'est-ce qu'ils t'ont dit ? Pourquoi j'ai été ciblé !

– Je ne connais pas les motifs, on me donne des noms et j'informe le Dr Grivel. La seule chose que je sais est que cela a un rapport avec tes travaux chez R-tech et LIVOVI. Je ne sais rien de plus, je te le promets.

Paul était déstabilisé. Greg perçut son trouble, il sentit qu'il pouvait reprendre un peu d'ascendant, Paul n'était pas venu pour le tuer, en tous cas plus maintenant. Il força son avantage :

– Et qu'est-ce que tu comptes faire maintenant ?

Paul resta silencieux, le dévisageant. Son attitude trahissait une incompréhension, il s'interrogeait, repensait aux projets sur lesquels il travaillait chez R-tech avant de développer son cancer. Comme il ne disait rien, Greg poursuivit.

– C'est bien ce que je pensais, tu ne vas pas me tuer. Tu n'as pas le cran de prendre ce qui ne t'appartient pas, de forcer le destin. Il était écrit que tu finirais prescrit, un jour ou l'autre. D'une certaine façon, je n'ai fait qu'accélérer le processus.

A ces mots, Paul se ressaisit. Etrillé par un puissant sentiment d'injustice, il sentit la colère refluer en lui. Il avait trouvé une communauté, des gens qui étaient prêts à tout risquer pour une cause à laquelle il s'était rallié.

– Je vais me battre contre les gens comme toi. Ceux pour qui la vie d'autrui est quantité négligeable. Ceux qui ont appelé de leurs vœux la mise en place de LIVOVI, ceux qui concourent à ce que ce système perdure et se développe.

– Et tu vas t'attaquer à tout ce petit monde tout seul ? interrogea Greg sarcastique.

– Qu'est-ce qui te laisse penser que je suis seul ?

– Tu as raison je suis bête. Tu dois avoir quelques paumés de prescrits avec toi.

Comme Paul ne disait plus rien, Greg poursuivit :

– J'ai vu juste c'est ça ?

Vous êtes pathétiques ! Vous n'avez jamais compris le monde dans lequel nous vivons. La civilisation, ses règles, ses lois, ses simulacres autour de la justice et de l'égalité. Tout ça n'est qu'un trompe l'œil. Une jolie devanture qui cache un système beaucoup plus archaïque qui, depuis la nuit des temps, a fait ses preuves : la loi du plus fort.

Greg reprenait son assurance coutumière, il faisait de petits allers-retours de quelques pas comme s'il se déplaçait à l'extrémité de la salle de son conseil d'administration.

– Certes, je te l'accorde, nous avons évolué. La force physique n'intervient plus que de manière très marginale. Aujourd'hui, le critère du rapport de force c'est l'argent. L'argent qui donne le pouvoir, l'argent qui accorde les privilèges, l'argent qui offre la gloire et inspire la crainte, l'argent qui prolonge la vie, l'argent qui autorise l'accaparement des ressources. Dans le monde d'aujourd'hui, pour vivre il faut payer, pour bien vivre il faut beaucoup payer et pour très bien vivre, il faut prendre l'argent aux autres. Les exploiter et quand ils commencent à coûter trop cher, faire en sorte qu'ils coûtent moins. Qu'est-ce que vous vous imaginiez ? Nous n'avons quasiment plus besoin de main d'œuvre ni même de cerveaux. Nous avons des machines, des robots, l'Intelligence Artificielle. Nous n'avons plus besoin des classes laborieuses. Dans le contexte actuel qui est celui de la compétition pour l'accaparement des ressources, les plus fragiles doivent être éliminés, c'est la loi du plus fort. Combien de temps pensiez-vous que nous allions continuer à partager le gâteau ?

Ayant terminé sa tirade, satisfait, il regarda Paul attendant le verdict. Lui-même s'était trouvé très convaincant.

– Et quand vous en aurez fini avec les moins fortunés ? Vous n'aurez plus qu'à vous tuer entre riches, histoire de vous enrichir encore un peu plus.

– Je conviens qu'il faut maintenir certaines limites. Nous appartenons à la même classe, on se respecte, on s'apprécie.

– Ta logique de classe ne tient que parce qu'il existe des classes inférieures. Vous êtes des carnivores, des voraces, des anthropophages et je prédis que vous finiriez par vous entre-dévorer. Mais nous n'en sommes pas là, la bataille n'est pas jouée, elle ne fait que commencer.

Paul baissa les yeux et secoua la tête, puis il fixa Greg à nouveau.

– Même un grand cynique comme toi devrait être en mesure de comprendre que ce qui fait le sel de l'existence se situe au-delà de ce que l'argent peut offrir. La richesse d'une émotion humaine, la beauté de l'amour…

– C'est un très bon exemple Paul. L'amour, parlons-en, l'argent a été déterminant dans mon entreprise de séduction auprès de Patricia.

– Tu as déjà perdu Patricia et tu ne t'en rends même pas compte, c'est toi qui es pathétique.

Tu sous-estimes gravement l'importance de la solidarité, une chose qui ne s'achète pas.

Lorsque je te regarde, je vois un homme très seul. Un homme qui n'entretient avec les autres qu'un rapport de soumission par l'argent. Je n'ai pas besoin de te tuer pour me sentir plus fort, je suis déjà infiniment plus fort que toi. Tu es entré dans un piège qui, alors que tu étais aveuglé par la puissance dont tu t'imaginais être le dépositaire, s'est refermé sur toi.

Paul rangea son arme, remonta sa capuche et se dirigea vers la sortie. Avant de partir il jeta un dernier regard à Greg : « Adieu Greg et bonne chance. »

Greg resta interdit pendant de longues minutes. Bien sûr l'entrevue était inattendue mais sa teneur l'avait également décontenancé. En particulier, les dernières paroles prononcées par Paul l'avaient rendu nerveux. Il finit par se reprendre. Quelle que fut sa source, Paul savait beaucoup trop de choses. Il fallait le retrouver et l'éliminer pour de bon. Greg hésita sur la marche à suivre mais finit par se décider à appeler son contact au ministère.

– Nous avons un problème, dit Greg sans autre forme d'introduction. J'ai reçu une visite imprévue et désagréable.

– Pas au téléphone, qu'est-ce qui vous prend de m'appeler !

– L'ex-compagnon de ma femme, Paul, vous l'avez loupé ! Il était dans mon salon il y a encore 10 minutes. Il sait beaucoup trop de choses, il faut que vous l'arrêtiez.

– Je ne vois absolument pas de quoi vous parlez, ressaisissez-vous Monsieur Palmer. Ce n'est pas nous qui avons un problème mais vous. L'explosion, la tentative d'intrusion à votre atelier de maintenance.

– Vous êtes au courant ? Greg en son for intérieur se demanda comment cela était possible.

– Je me posais la question du moment auquel vous jugeriez utile de m'en parler. Vous n'êtes pas sans savoir que le gouvernement attache une importance toute particulière à la filière stratégique des androbots.

– Bien sûr, soyez rassuré la situation est totalement sous contrôle.

– J'en doute. Je ne vous retiens pas plus longtemps Monsieur Palmer, vous avez du travail pour trouver la solution à vos problèmes, à TOUS vos problèmes. J'espère avoir été clair.

L'homme au cigare raccrocha sans laisser la possibilité à Greg de poursuivre un échange potentiellement très compromettant. Intérieurement il se félicita d'avoir placé des informateurs chez Bulsom. Il se leva, observa la ville au travers de la baie vitrée de son bureau tout en méditant la conversation qu'il avait eue avec Palmer. Un mince rictus se forma sur son étrange faciès puis à voix haute il parla pour lui-même. « Ainsi donc, voilà que tu avances tes premiers pions Arthur. La partie va pouvoir commencer. »

Il retourna à son bureau, pressa un bouton sur son terminal. Rapidement il entendit la voix de son assistante.

– Que puis-je faire pour vous Monsieur ?

– Veuillez convoquer le capitaine Trinh à mon bureau, dites-lui qu'il s'agit d'une urgence.

– Je m'en occupe tout de suite Monsieur.

25

Paul avait regagné la base, après avoir essuyé les lourdes remontrances de *One* et d'Eliah pour sa sortie non autorisée, il fit le point sur les maigres informations qu'il avait obtenu en menaçant Greg. L'existence d'un mystérieux commanditaire haut placé au ministère, l'implication du Dr Grivel comme bras armé pour insidieusement se débarrasser de personnes devenues gênantes et la raison de l'élimination de Paul qui était liée à ses travaux chez R-tech.

« A quoi ressemblait ce Dr Grivel ? » interrogea *One*. Paul en fit une description assez détaillée. Lorsqu'il eut fini, One reprit la parole. « J'ai moi aussi rencontré cet homme, il se faisait alors appeler le Dr Duprêt, un remplaçant de mon médecin traitant. » L'interrogation de Sarah confirma ce qu'ils avaient déjà déduit, tous les trois avaient croisé la route du même homme qui leur avait inoculé un virus potentiellement mortel. Quelques semaines après cette rencontre, ils avaient développé un lymphome particulièrement rare et sévère qui les avait amenés à intégrer LIVOVI.

« Quels étaient les travaux que tu dirigeais chez R-tech ? » demanda Henk qui avait rejoint le groupe.

– J'y ai beaucoup réfléchi. Il y avait bien un projet pour une immunothérapie anti-cancéreuse. Une sorte de graal de la recherche en oncologie, un vaccin dirigé contre les cellules qui portent une signature cancéreuse. Nous avions des résultats prometteurs chez les rongeurs.

– Ne cherche pas plus, ce doit être ça, répondit Henk. LIVOVI repose en grande partie sur les coûts extrêmement élevés des traitements anti-cancéreux.

– C'est vrai que l'avantage d'un vaccin est qu'il est peu coûteux à produire. Mais cette stratégie est vieille de près d'un siècle et n'a jamais permis de traiter le moindre patient. J'ai dû me battre pour obtenir les crédits nécessaires à la poursuite de mes recherches, R-tech n'y croyait pas.

– Contrairement à certaines personnes au ministère qui ont vu dans tes travaux une menace pour LIVOVI et ont dessiné une cible sur ta tête, poursuivit Eliah.

One demanda à Henk de faire le point sur l'analyse des données qu'ils avaient piratées sur le réseau informatique de Bulsom. Henk n'avait pas terminé mais il disposait déjà de nombreux éléments : des noms, des chiffres, la localisation des laboratoires clandestins, le procédé de production des principes actifs du D-hope. L'ensemble constituait un faisceau d'éléments suffisamment solide pour démontrer l'implication de Palmer dans le trafic de D-hope. Lorsque Henk eut fini son inventaire, *One* se tourna vers Eliah : « tes relais dans la presse, ils ont les reins solides ? » Pour toute réponse, Eliah se contenta d'un grand sourire.

***

Greg faisait le point avec le responsable de son système informatique. Quelques secondes avant l'explosion de l'androbot dans l'atelier de réparation de Bulsom, ce dernier avait autorisé une connexion en provenance du terminal personnel de Palmer dans sa villa. « Il ne s'agissait pas de vous ? » Confronté au regard noir de Palmer, l'homme reprit son travail sur ordinateur. « Contentez-vous de me montrer l'activité associée à cette connexion ! » Des copies de répertoires entiers, de l'endroit le plus sécurisé du serveur, celui auquel seul Greg avait accès, celui dans lequel il disposait des informations concernant les activités secrètes de Bulsom. Greg se rongea les ongles, une vilaine habitude qu'il avait réussi à reléguer à l'oubli à force d'un travail acharné d'auto-conditionnement. C'est ce moment que choisit son assistante Ronnie pour faire irruption.

– Monsieur Palmer…

– Pas maintenant Ronnie, j'ai demandé à n'être dérangé sous aucune prétexte.

– Je me permets d'insister Monsieur Palmer, vous devriez venir voir.

Ronnie n'avait pas pour habitude de discuter ses instructions, l'affaire devait être sérieuse. À contrecœur, Greg se leva « je reviens dans un instant » dit-il. Il suivit Ronnie dans une petite salle de réunion. « – C'est une dépêche qui vient de sortir, je l'ai découvert sur un site d'actualités. Je vous ai installé dans une salle fermée, c'est plus discret. – Merci Ronnie, vous avez bien fait. Laissez-moi je vous prie. »

Une fois qu'il fut seul dans la salle, Greg se pencha sur l'écran. En lettres capitales sur toute la largeur de l'écran il lut le titre : *PALMER dope ses chiffres au D-*

hope ? En dessous une manchette résumait l'article : « *Le célèbre industriel, patron du groupe Bulsom – un géant de la filière industrielle des androbots – serait à la tête d'une organisation produisant et distribuant le D-hope, cette drogue dont la consommation a explosé chez les prescrits. De source anonyme, nos journalistes ont eu accès à des preuves de l'existence d'une infrastructure de production…* » Greg interrompit sa lecture, les pirates n'avaient pas trainé, il était grillé. Il avait beau réfléchir, il ne voyait pas de porte de sortie. Les faits révélés aboutiraient au minimum à une enquête et si son contact au ministère ne le couvrait pas, s'en était fini de lui.

Avec amertume, il repensa à ce pacte qu'il avait scellé des années auparavant, il se chargeait de recruter un médecin peu scrupuleux pour injecter un virus à des individus gênants en échange de quoi il obtenait de juteux contrats avec le gouvernement pour équiper le programme militaire de développement d'androbots soldats. Ce sont ces contrats qui lui avaient permis de se développer et d'acquérir une position dominante dans l'industrie.

Il voulut parler à Patricia, il l'appela mais elle ne répondit pas. Il laissa un message laconique sur son répondeur : « Pardon Patricia, pardon pour tout. Je t'aime. »

***

Trinh était tiraillé, en proie à de violents états d'âme. Ce n'était pas la première fois qu'on lui assignait une mission de ce type, mais ce qu'il avait découvert en remontant la piste des prescrits atteints d'un lymphome rare l'avait mis singulièrement mal à l'aise. L'identité du prescrit 150-B en particulier l'avait troublé, il s'agissait d'une femme, d'une collègue pour ainsi dire. Il ne la connaissait pas personnellement mais elle était issue des rangs de l'armée et il était très attaché à l'esprit de corps. En faisant des recherches au sujet de cette femme prénommée Sarah, il était tombé sur un court article publié dans un petit journal local. Rétrogradée après avoir refusé une promotion qui devait la conduire à intégrer la division spéciale, Sarah y développait ses convictions à l'encontre de LIVOVI. Elle concluait en invoquant sa liberté de conscience : elle avait intégré l'armée pour se battre contre l'ennemi conformément à ses valeurs, pas pour exécuter des innocents.

Trinh avait fait le rapprochement entre la date du papier et la date d'adhésion à LIVOVI du prescrit 150-B qui étaient espacées de seulement quelques mois. En poursuivant ses recherches, il avait identifié l'existence d'armes biologiques pouvant induire des cancers. Il suspectait un système de purge, discrètement piloté par le directeur de LIVOVI de manière à asseoir un peu plus sa position de pouvoir. Le problème était qu'il ne disposait d'aucune preuve reliant le directeur de LIVOVI aux prescrits ayant développé le lymphome. Pour commencer il ne connaissait même pas l'identité exacte du directeur de LIVOVI.

Désobéir à un ordre direct aujourd'hui équivalait à révéler ses soupçons et s'il n'y prenait garde, c'est lui qui dans quelques temps développerait ce fameux lymphome. Non, décidemment, même s'il lui en coûtait de faire le jeu d'un tyran, il ne voyait pas d'autre possibilité que d'effectuer la mission qui lui avait été confiée. Trinh se mit en route, il tenta de soulager sa conscience en se disant que la cible n'était pas hors de soupçons, loin s'en faut.

26

Patricia se sentait un peu mieux, les trois jours passés chez son amie lui avait fait le plus grand bien. Naturellement elle ne s'était pas confiée, c'était impossible, mais son hôte avait réussi à la divertir, à lui faire oublier ses soucis.

Un peu de cette légèreté évanescente se dissipa alors qu'elle approchait de la villa. Elle redoutait la confrontation avec Greg, ils ne s'étaient pas reparlés depuis cette fameuse soirée au restaurant. Elle regarda sa montre, 10 heures, Greg était certainement parti au bureau il y a déjà plusieurs heures.

La première chose qui surprit Patricia lorsqu'elle entra chez elle fut l'absence du bot qui venait en temps normal l'accueillir pour la délester de son manteau. La deuxième se manifesta instantanément, une odeur de pourrissement qui la prit à la gorge. Patricia força l'ouverture du sas d'entrée et alla au salon pour y ouvrir une fenêtre. Lorsque ce fut fait elle tâcha d'identifier la provenance de cette odeur nauséabonde. Elle fit le tour des pièces du bas de la maison mais ne vit rien qui pouvait l'expliquer. Patricia approcha de l'escalier, un sombre pressentiment l'envahi alors qu'elle montait les marches une par une. Instinctivement elle se rendit immédiatement dans la chambre qu'elle partageait avec Greg. L'odeur était de plus en plus présente, elle se couvrit le nez.

A peine eut-elle poussé la porte qu'elle le vit, dans son peignoir, les pieds en lévitation quelques centimètres au-dessus du sol. Greg était pendu par une corde accrochée à l'imposant plafonnier de leur chambre. Patricia s'effondra sans un mot. Assise par terre, le dos contre le chambranle de la porte, elle ne parvenait pas à détacher les yeux de cette sinistre silhouette désertée par la vie. Elle fixait les mollets de Greg qui se trouvaient à présent au niveau de son regard et auxquels la lividité cadavérique avait donné une coloration violacée.

Elle était incapable d'appréhender l'image que ses yeux envoyaient à son cerveau. Elle s'approcha et prudemment, fit le tour du corps. Lorsqu'elle vit le faciès de Greg, Patricia n'y tint plus. Elle courut à la salle de bain et vomit son petit-déjeuner dans les toilettes. La compression exercée par la corde sur les veines jugulaires avait empêché le retour du sang depuis la tête vers le cœur. Le visage et la langue de Greg étaient gonflés, cyanosés. Son apparence était grotesque, repoussante. Patricia su instantanément que cette image la hanterait longtemps. Puis, calmement, elle se mit à pleurer. Quelles que fussent les erreurs qu'ait pu commettre Greg, il s'était toujours comporté en vrai gentleman à son égard. Depuis le début de leur relation, elle n'avait jamais cessé d'avoir de l'affection et de la tendresse pour lui. Patricia resta un long moment effondrée dans sa salle de bain, à pleurer silencieusement.

***

Trinh entra dans le bureau, l'homme était de dos, il aimait se mettre en scène de cette manière. C'était pour lui une façon de signifier à ses hôtes qu'il n'avait rien à craindre. Assuré de son pouvoir et de la crainte qu'il inspirait il pouvait se présenter dans une posture vulnérable. Trinh crut qu'il ne l'avait pas entendu entrer, il toussa dans son poing pour signaler sa présence.

– Prenez place Trinh, j'étais plongé dans mes réflexions.

– J'aime autant rester debout Monsieur.

« Comme il vous sierra » dit l'homme sans prendre la peine de masquer son agacement. Il se retourna, tira une bouffée sur son cigare électronique et chassa la vapeur par ses narines.

– Avez-vous fait le nécessaire ? reprit l'homme.

– J'ai suivi vos instructions.

– Vous n'avez laissé aucune trace ?

Trinh sembla offensé par la question, il s'obligea néanmoins à répondre.

– Je pense avoir exécuté mon travail avec le professionnalisme qui a toujours fait ma réputation.

– Bien sûr Trinh, je n'en doute pas, répondit l'homme. Simple précaution.

Bien que l'homme n'eût pas pour habitude de révéler ses états d'âme, Trinh perçut du soulagement dans son attitude.

– Puis-je poser une question ?

– Mais je vous en prie, allez-y Trinh.

– Je sais que cela ne me regarde pas mais : qu'est-ce

que le gouvernement central reprochait à Gregory Palmer ?

– Effectivement cela ne vous regarde absolument pas ! répondit sèchement le directeur. Puis s'adoucissant : cependant, en considération de la confiance que je vous accorde, je vais vous le dire. Vous n'êtes pas sans savoir que Bulsom a des contrats avec l'armée pour équiper les androbots de technologies militaires ?

– J'en ai été informé Monsieur.

– Nous avons tout lieu de penser que Greg Palmer communiquait des informations classifiées à certaines puissances étrangères qui ne partagent pas nos intérêts stratégiques.

– Collusion avec l'ennemi ? C'est une accusation grave…

– Ne poussez pas trop loin Trinh !

La menace était à peine voilée, décidément cet homme savait manier tous les registres et passait de l'un à l'autre sans vergogne se dit Trinh.

– Bien. C'est du bon travail, vous pouvez disposer à présent *commandant* Trinh.

L'air interloqué, Trinh regarda son interlocuteur.

– Vous m'avez bien entendu. Vos états de service sont remarquables. J'ai donc usé de mon influence auprès du haut commandement pour que vous montiez en grade.

– Je vous remercie Monsieur.

– C'est tout naturel. Au revoir Trinh, conclut l'homme avec un sourire carnassier.

Une fois sorti du bureau, Trinh réfléchit à la situation. Il n'était pas dupe. Ce n'était pas la raison d'état qui avait conduit à l'exécution de Palmer. Quant à sa promotion, comme le dit l'adage chez les gens de pouvoir : garde tes amis près de toi et tes ennemis plus près encore. Trinh savait parfaitement dans quelle catégorie il se trouvait.

27

Patricia était déconcertée, les révélations les plus sinistres au sujet de Greg se succédaient les unes aux autres. Même si elle n'accordait pas force de vérité à tout ce qu'elle lisait – un bouc émissaire est bien plus commode mort que vivant – elle se devait d'admettre qu'elle avait occulté une large part de la personnalité de Greg. Une double culpabilisation la hantait, celle d'avoir inconsciemment fermé les yeux sur la part sombre de l'homme dont elle partageait la vie depuis plusieurs années et celle d'avoir, indirectement, contribué à sa fin tragique.

Elle n'adhérait pas à la thèse du suicide, même si le dernier message laissé par Greg sur son répondeur semblait l'accréditer. Pour ce qui la concernait ce message d'excuses était à rapprocher des révélations à venir dans la presse et pas de l'acte irréversible d'une personne aux abois, désespérée.

Elle récapitula pour elle-même le champ de ruines et de désolation dans lequel elle se trouvait seule, désespérément seule. En l'espace de seulement quelques semaines, elle avait perdu deux maris, l'ancien puis l'actuel, sa fille était aux abonnés absents, sa situation professionnelle dévastée.

A quoi pouvait-elle se raccrocher ? Retrouver sa fille par tous les moyens évidemment mais également faire la lumière sur la mort de Greg, démêler le vrai du faux sur ce dont on l'accusait et identifier celui ou celle qui l'avait tué. Elle s'agrippa avec force à cette idée, ce serait son fil d'Ariane, celui par lequel elle échapperait au labyrinthe nébuleux des sentiments angoissants qui la rongeait.

***

Paul regardait ses nouveaux amis, une sorte de célébration avait été organisée pour fêter la première victoire du réseau. Sur le quai, devant le wagon cantine-restaurant, des tables et des chaises avaient été sorties, Henk s'était chargé d'assurer une ambiance musicale. Tous avaient l'air un peu rouillé, comme s'ils avaient fait le deuil de la joie il y a déjà fort longtemps. Malgré cela, les sourires étaient de sortie, une franche camaraderie animait les participants.

Incontestablement, ils avaient frappé fort pour que soit sacrifiée une personne avec des responsabilités aussi importantes que celles qu'endossait Greg dans l'organisation mafieuse qui sous-tendait LIVOVI. Pourtant des sentiments ambivalents habitaient Paul. Il n'allait pas pleurer sur le sort de Greg, il était personnellement très bien placé pour savoir que la fatalité qui l'avait rattrapé était méritée. Ce qu'il y avait c'est que Greg avait pris soin de sa fille et de son ex-femme pendant des années et ça il ne pouvait pas l'occulter. Du bout du quai, Henk lui adressa un clin d'œil et leva son verre, Paul lui répondit en faisant de même.

Il se sentait à sa place, à vrai dire cela faisait des années qu'il ne s'était pas senti autant à sa place, cela devait remonter aux années d'enfance de Lisa.

One s'approcha, Paul le regarda, il n'éprouvait plus aucune gêne face à son étrange faciès. Aujourd'hui il pouvait le dire, il appréciait sa compagnie.

– Ce doit être un peu étrange pour vous Paul, compte-tenu de la forte implication que vous aviez vis-à-vis de Palmer.

– Je ne vais pas dire le contraire, on pourrait en quelque sorte dire que j'ai été vengé mais sur le plan personnel je n'en ressens aucune satisfaction.

– Je comprends cela.

– Que va-t-on faire maintenant ?

– Tenter d'exploiter la fenêtre qui s'ouvre… Les responsables de LIVOVI ne tarderont pas à trouver un nouveau Palmer, la production de D-hope va reprendre dans d'autres lieux avec d'autres personnes. Mais nous verrons cela plus tard, aujourd'hui est un jour de célébration.

Ils restèrent silencieux quelques instants, à regarder cette petite communauté de résistants, à la fois si fragile et vaillante.

– Venez avec moi Paul, il y a quelqu'un qui veut vous parler.

Ils se dirigèrent vers le poste de contrôle.

« Henk a réussi à établir une connexion sécurisée, vous verrez elle se porte comme un charme ! Elle ne se doute de rien, la surprise risque d'être de taille » fit *One* avec son sourire étrange.

Il le laissa à l'entrée du poste de contrôle. Paul sentit l'émotion l'envahir, ses yeux s'embuèrent. Il s'arrêta et prit une grande respiration, ce n'était pas l'image qu'il voulait donner à sa fille. Lorsqu'il eut repris un peu de maîtrise sur lui-même, Paul s'approcha de l'écran. Il la vit, la chair de sa chair, son petit rayon de soleil, sa raison de vivre. Elle aussi l'avait vu, elle pleurait à chaudes larmes, des larmes de joie.

Paul s'installa et, comme un écho à l'« au revoir » qu'il lui avait dit ce fameux soir où sa vie allait basculer, il salua sa fille : « Bonjour ma princesse ».

REMERCIEMENTS

Merci à Mathilde pour ses encouragements, ses remarques avisées, ses nombreuses corrections et son indéfectible soutien. Tout comme moi, ce livre lui doit beaucoup. Merci à ma mère pour m'avoir transmis, au fil des ans, l'amour de la littérature ; pour sa relecture bienveillante, ses encouragements et ses conseils. Merci à Xavier pour son enthousiasme et pour le magnifique travail d'illustration de couverture. Merci à Pascale, à Manuel et à Emmanuelle, premiers beta-lecteurs, premiers à avoir pris le risque de croire dans le potentiel de cette fiction. Merci à Flora pour ses conseils et à Ben pour ses corrections chirurgicales diablement efficaces.

Enfin, merci à Philip K. Dick pour être une inépuisable source d'inspiration avec ses romans fascinants.

Contact :

arnaud.elysiem@gmail.com

Site :

www.lesprescrits.fr

48421932R00129

Printed in Poland
by Amazon Fulfillment
Poland Sp. z o.o., Wrocław